Cette chose...

« Si vous pensez que vous êtes trop petit
pour changer quoi que ce soit,
essayez donc de dormir avec un moustique
dans votre chambre. »

Betty Reese

Préface

IL EST RARE DE DÉCOUVRIR, en cinq secondes, pour quoi l'on est fait et quelle direction l'on va donner à sa vie. C'est ce qui arrive à Jean-Jacques Charbonier, alors tout jeune médecin pétri de certitudes rationalistes, lorsqu'il se retrouve confronté de but en blanc à cette « chose » innommable, cette expérience d'empathie vertigineuse, à l'instant où un accidenté de la route décède pendant qu'il tente de le perfuser. Aussitôt, son destin bascule.

Mais, en termes de répercussions, cet événement n'affectera pas seulement son avenir professionnel. Quand on répond présent à une telle « demande » du monde invisible, on ouvre une porte, on devient un passeur, un trait d'union, voire un vecteur de phénomènes extraordinaires.

Nous sommes le jeudi 30 mars 2017, à 13 h 30. Je viens de commencer la présente préface en me demandant que raconter qui ne déflore inutilement le fascinant témoignage que vous allez découvrir. Bien sûr, je pourrais relater notre rencontre, provoquée en 2009 par Philippe Bouvard, à l'issue d'un enregistrement des *Grosses Têtes*, dont Jean-Jacques Charbonier avait été comme moi l'invité d'honneur. Je pourrais raconter l'origine du présent livre, que je lui ai suggéré d'écrire après l'avoir entendu, sur la scène de la Gaîté-Montparnasse, confier pour la première fois l'origine de son lien si particulier avec l'au-delà. C'était durant une conférence aux allures de one-man-show où, devant un public tantôt sidéré, tantôt mort de rire, ce pilier de bloc opératoire s'était révélé une bête de scène. Je pourrais dire mon admiration pour son courage, la profondeur de sa réflexion et le bien qu'il fait à ses patients comme à ses lecteurs, par ce mélange d'humour, de vraie gentillesse, de ténacité sereine et de provocation bienveillante qui illumine sa personnalité autant que son style. Je pourrais raconter les prodiges auxquels je l'ai vu prendre part – mais je ne vais pas lui couper l'herbe sous la plume. Tous les préambules me semblent inutiles. Facultatifs. Je sèche.

C'est alors que le nom du préfacé en instance s'affiche sur l'écran de mon portable. Et que le Dr Charbonier me raconte, d'une voix palpitante, l'incroyable histoire qui vient de lui arriver quelques minutes plus tôt.

À l'issue d'une matinée d'interventions chirurgicales, il est en train de déjeuner avec son épouse sur la terrasse de sa maison en Ariège. Il a branché la sono sur l'application iTune de son portable ; ils écoutent paisiblement une playlist de piano jazz. Et voilà que, soudain, le programme s'interrompt pour diffuser *Quand j'étais chanteur*, de Michel Delpech. La chanson achevée, le piano jazz reprend son cours, là où il s'était arrêté.

Les Charbonier sont médusés. Non seulement ce « parasitage » d'une playlist est techniquement inexplicable, mais la chanson qu'« on » vient de leur diffuser est la préférée de Geneviève Delpech. Or, la veuve de Michel, cette impressionnante médium à qui j'ai fait publier le premier titre de notre collection « Témoins de l'extraordinaire »[1], était en séjour chez eux deux mois plus tôt. L'un des effets secondaires du projet éditorial que j'ai initié avec Pierre Lunel, c'est le lien qui se noue entre les auteurs que nous publions. Dans le cas de Geneviève et des Charbonier, c'est une véritable amitié qui a vu le jour, assez explosive au niveau des péripéties qui en découlent. En l'occurrence, ce jeudi, lorsqu'ils lui téléphonent à 13 h 20 pour lui raconter le phénomène qui vient de se produire, Geneviève ne leur laisse pas le temps de parler :

« C'est incroyable, j'allais vous appeler à l'instant. Je suis dans ma voiture à Paris et, sur le siège passager, devinez ce que je viens de retrouver ? Mon alliance ! Celle que j'avais perdue chez vous, il y a deux mois ! Depuis, j'ai conduit cette voiture des dizaines de fois. J'ai même fait faire un nettoyage intérieur complet. L'alliance vient d'apparaître, là, à l'instant. Je suis bouleversée ! »

Inutile de préciser qu'elle le fut plus encore lorsque les Charbonier lui apprirent qu'au même moment, la voix de Michel Delpech avait interrompu de façon inexplicable leur playlist de jazz pour interpréter sa chanson préférée. Cet événement en soi (matérialisation d'un objet doublée d'une synchronicité sonore à 800 km de distance) est d'autant plus hallucinant qu'il s'inscrit dans une continuité.

---

1. Geneviève Delpech, *Te retrouver*, First, 2017.

En même temps que son alliance, en effet, Geneviève avait perdu en Ariège un solitaire offert par Michel, qu'elle venait de « retrouver » cinq jours auparavant dans sa chambre des Yvelines, posée sur un livre de… Jean-Jacques Charbonier. Lors de cette première « récupération », il n'y avait pas eu de signe annonciateur au domicile de l'anesthésiste. Le chanteur décédé, si c'est son esprit qui est à l'origine de ces transferts de bagues, a-t-il voulu mettre cette fois les points sur les i du mot « impossible » ? À moins que la volonté de retrouver ces bijoux perdus n'ait abouti, de part et d'autre, au déclenchement de pouvoirs inconnus du cerveau, stimulés par une connexion à distance…

En dehors de telles hypothèses, que conclure de ces deux événements stupéfiants auxquels Jean-Jacques Charbonier vient d'être associé, à cinq jours d'intervalle ? Je ne sais pas. Quand il me demande ce que je pense de ce phénomène à répétition, je lui réponds simplement merci : je « tiens » ma préface. À l'heure où je rédige ces lignes, tandis que l'éditeur les attend pour faire imprimer le volume, c'est en effet le seul espace où peut figurer cette forme de post-scriptum. Je ne dirai pas que l'Univers a répondu par un prodige à mon angoisse de la page blanche ; je constate simplement qu'il s'est produit à point nommé pour me permettre de composer, comme en musique, l'ouverture d'un ouvrage dont il donne l'avant-goût.

Cela étant, je doute que la date limite de mon rendu de préface suffise à justifier que ce « retour d'alliance » survienne le 30 mars. Je demande à Jean-Jacques Charbonier si cette date a un sens pour lui. Non. En revanche, Geneviève Delpech, quand je lui pose la question au téléphone, se rappelle brusquement : « Mais oui ! C'est l'anniversaire de mon "pré-mariage" avec Michel ! » Ce 30 mars 1985 où, dans l'église de Chatou, ils s'étaient passé la bague au doigt, quatre mois avant leur union officielle dans le rituel orthodoxe... Faut-il en déduire qu'un anesthésiste réanimateur s'est retrouvé, malgré lui, pivot d'une commémoration orchestrée par un défunt ?

« C'est trop beau pour être vrai », disent les sceptiques. Mais, en toute logique, l'honnêteté des protagonistes et la réalité de ces phénomènes ne peuvent être mises en cause : un médecin en exercice et la veuve d'une icône populaire s'amuseraient-ils à inventer une pareille histoire pour se « faire de la pub » ? Reste l'émerveillement ou la stupeur incrédule que va susciter chez les lecteurs un tel récit, les mettant dans l'état d'esprit idéal, je crois, pour aborder le parcours édifiant d'un ancien matérialiste « pur et dur », dont l'horizon s'est brusquement élargi le jour où il a accepté de changer de repères.

Didier van Cauwelaert

Avertissement

TOUS LES TÉMOIGNAGES rapportés dans cet ouvrage sont authentiques ; ils m'ont été personnellement adressés par écrit ou confiés lors d'entrevues. À la demande de certains témoins, j'ai supprimé toute indication qui aurait pu permettre de reconnaître les personnes impliquées.

Avant la chose

AVANT QUE « LA CHOSE » SURGISSE dans ma vie comme une sorte d'électrochoc salvateur, j'étais ce que l'on appelle un abruti intégral.

Vingt-deux ans après cette première transformation, je suis passé du stade d'abruti moyen à celui d'abruti léger pour finalement devenir la personne que je suis aujourd'hui. Cette métamorphose induite par diverses découvertes est l'objet de ce livre. Elle a duré une trentaine d'années.

Dans nos sociétés occidentales fortement intoxiquées par les dogmes de la pensée matérialiste, nous avons un sérieux problème puisque si l'individu que j'étais avant « la chose » avait pu rencontrer l'homme que je suis devenu à l'heure où j'écris ces lignes, il l'aurait probablement traité d'illuminé, de cinglé ou, dans le meilleur des cas, de médecin peu fréquentable. Il est grand temps que les mentalités changent pour que le curseur de la normalité bouge enfin dans la bonne direction.

Puisse cet ouvrage y participer à sa manière.

Ma rencontre avec la chose

DANS LES BRUMES DE CE PETIT MATIN d'automne 1983, je quittai de façon brutale et définitive mon statut d'abruti intégral en moins de cinq petites secondes.

Cela peut sembler impossible ou totalement farfelu, mais c'est pourtant la stricte vérité. Je devins tout à coup lucide. Et ceci grâce à « la chose » que j'ai ressentie dans ce laps de temps extrêmement bref qui, par chance, a bouleversé toute ma vie.

Oui, la chose. Je ne peux lui donner d'autre nom. C'était trop intense, trop intime, trop indicible pour que je puisse trouver un mot plus adapté dans notre vocabulaire. D'ailleurs, ce mot n'existe pas. Vous pourrez bien chercher pendant des heures et des heures comme je l'ai fait quand vous aurez lu ce qui s'est passé ce jour-là. Vous verrez que j'ai raison.

Donc, cette chose m'a débarrassé pour toujours de toutes mes fausses certitudes qui avaient fait de moi un parfait abruti. Le remède fut radical et la guérison instantanée. Attention, abruti ne veut pas dire stupide, idiot ou manquant de jugeote. Non, avant la chose, je savais parfaitement bien raisonner selon les divers éléments appris sur les bancs de l'école, du lycée puis plus tard de l'université. J'avais la tête bien pleine et pensais avoir réponse à tout... ou presque.

Mes études de médecine terminées et ma thèse de doctorat en poche, il ne me restait plus qu'à poser mes valises, ma petite dizaine de meubles et mon stéthoscope quelque part pour devenir le parfait médecin de campagne, du moins celui que j'avais idéalisé depuis bien longtemps. Ce rêve, formulé dès mon plus jeune âge, correspond à ce que la plupart des gens appellent une vocation. Tout était planifié. Mon épouse avait abandonné ses études de « prof de gym » pour suivre des cours par correspondance de secrétariat et se préparer ainsi à gérer mon futur cabinet. Nous avions en vue l'achat de la clientèle d'un confrère qui souhaitait partir à la retraite. La banque avait donné son accord sur l'emprunt nécessaire pour financer cette installation. Bref, nous étions lancés sur une autoroute. Seulement voilà, nous ignorions qu'une de ses bretelles de sortie nous aspirerait très vite sur un parcours inattendu ; une sorte d'itinéraire bis débouchant sur des paysages époustouflants. En réalité, c'est mon esprit perfectionniste qui nous fit bifurquer vers la chose. Si je n'avais pas choisi de faire un stage dans un SAMU pour être en mesure d'affronter toutes les urgences qui s'imposeraient à moi en zone rurale, ma vie aurait été probablement totalement différente et je ne serais pas là, assis devant ce clavier pour taper ces lignes.

Car c'est au cours de cette fameuse intervention d'urgence mobile vécue aux petites heures de ce mois d'octobre 1983 que j'ai connu la chose...

Je revois la scène. Moi, timide et apeuré par ce que je dois affronter coûte que coûte. Assis à la droite du conducteur du VSAB[2], mes mains tremblent un peu. J'ai la trouille. La conduite rapide associée aux hurlements de notre sirène renforce mon angoisse. *Serai-je à la hauteur ?* Pour la première fois de ma vie, il faut que je gère seul un accident grave.

Des cris affolés ont alerté le SAMU de Toulouse. Difficile de savoir sur quoi nous allons tomber. Il y aurait plusieurs blessés. On connaît vaguement l'endroit où ça s'est passé. C'est tout. Ensuite, la personne a raccroché sans même prendre le temps de donner son identité. *Une mauvaise blague ?* Il y en avait parfois. Au fond de moi, je l'espère. Mais hélas, nous apercevons déjà les lueurs des premiers secours au bout de la petite route départementale. Les éclats bleus des gyrophares des pompiers et de la gendarmerie qui sont sur place finissent de faire grossir la boule qui serre ma gorge.

Beaucoup de monde, des curieux, des badauds. Sur le bord de la chaussée, deux cadavres recouverts d'un drap blanc.

Un pompier arrive vers moi en courant. Je baisse la vitre. « Venez vite avec moi docteur, à 50 mètres d'ici, il

2. Véhicule de secours aux asphyxiés et aux blessés.

y a un véhicule en contrebas et un jeune est à l'intérieur. Nous débutons sa désincarcération[3]. Il est encore vivant, mais c'est pas jojo ! »

Je cours derrière l'homme en bleu, ma valise de secours à la main. « C'est là docteur, descendez par là, attention de ne pas glisser ! » Un autre pompier me tend la main pour m'aider à franchir le fossé. Le jour se lève à peine. J'ai de plus en plus froid. Des projecteurs éclairent l'amas de ferraille qui avait dû être une petite voiture quelques minutes plus tôt. Une grosse pince hydraulique découpe les tôles sous les ordres d'un homme en équilibre sur une des roues de l'épave.

Je suis enfin tout près du monstre de fer, environ à cinq mètres en dessous du niveau de la route qui lui a servi de tremplin. La barrière de sécurité rompue qui se dresse comme un couteau meurtrier indique la violence de l'impact. Les mâchoires grignoteuses ont terminé leur travail. Le moteur du groupe électrogène s'arrête. « Vous arriverez à passer par là docteur ? » Je ne sais pas qui vient de me parler, mais je vois le trou dans lequel je dois m'engouffrer pour atteindre le blessé.

Je me faufile tant bien que mal dans l'antre métallique. On me tend ma valise. Je suis près de lui. Tout près. Tout près de son visage meurtri par des éclats de verre. Il est très jeune, une vingtaine d'années tout au plus. La partie

3. Action de dégager une personne prisonnière d'un véhicule accidenté.

inférieure de son corps est encore prisonnière et invisible, comme avalée par une bête terrible qui ne veut plus lâcher sa proie. Il n'émerge de cette prise immonde que son thorax, sa tête et ses deux bras. Une panique terrible se lit dans un regard bleu clair qui semble tout attendre de moi. J'essaye de l'encourager de mon mieux : « T'inquiète pas mon vieux, ça va aller, ça va aller... »

Le temps presse, je le sais. Il faut absolument perfuser le blessé qui a perdu beaucoup de sang. Seulement voilà, pour cela, il faut trouver une veine et la cathétériser[4].

Je revois encore ma main tremblante cherchant encore et encore une solution sur ses bras livides, le droit, le gauche, plus bas, plus haut... rien. Toujours rien. Je pique partout sans obtenir le moindre résultat. Il fait très froid, mais je suis en sueur. Je sais que je vais le perdre. Mon émotion, mon incompétence, mon inexpérience... je m'en veux d'être aussi nul. J'ai envie de pleurer de rage.

Son souffle bruyant se ralentit puis s'arrête. Ses pupilles se dilatent comme le ferait une tache d'encre sur un buvard céleste. C'est doux et très calme. Je sens très nettement l'inconcevable : une présence vivante et joyeuse qui quitte son corps par le haut de son crâne et qui frôle mon visage sur la droite. Oui, cela peut sembler stupéfiant et incompréhensible en de telles circonstances mais c'est

4. Action d'introduire un dispositif médical dans un organe tubulaire creux.

vivant et joyeux. Une libération. Une continuité de vie. C'est évident et indicible.

C'est magnifique et émouvant. De l'amour pur.

C'est… la chose.

La chose m'a rendu la mémoire

ON NE NAÎT PAS MATÉRIALISTE. On le devient.

Dans notre culture occidentale, notre enfance, notre adolescence, notre éducation et nos divers apprentissages nous poussent à penser que nous ne sommes que de la matière ; des sortes de « robots biologiques » dénués de toute énergie spirituelle.

En assimilant notre personnalité à un savant assemblage de chairs, d'os et de diverses substances chimiques, les études de médecine ne font que renforcer l'idée que l'humain n'est rien d'autre qu'une machine complexe. Si bien qu'à l'issue de ses longues années universitaires, l'ancien carabin reste persuadé pour le restant de ses jours qu'un être vivant se résume à un groupement d'organes qu'il faut veiller à entretenir, à réparer, à traiter ou même à remplacer en cas de totale déficience, que la maladie se définit par les dégâts constatés et que l'existence d'une vie après la mort est une hypothèse on ne peut plus fantaisiste.

Quand j'interroge mes confrères sur ce sujet, ils sont presque tous unanimes. Pour ces praticiens en exercice, la conscience est fabriquée dans le cerveau et la mort est synonyme de néant. Pourtant, la plupart d'entre eux sont catholiques, protestants, juifs, musulmans ou quelquefois bouddhistes et aucun n'ignore que dans toutes les religions du monde, il existe un principe fondamental qui est celui de la survivance de l'esprit à la mort terrestre. Eh bien, aussi incompréhensible que cela puisse paraître, une fois leur blouse blanche revêtue, mes collègues n'adhèrent absolument plus à cette hypothèse. Ils l'enlèvent... ils y croient. Ils la remettent... ils n'y croient plus. Voilà une façon bien schizophrénique de se comporter dans la vie, non ? Peut-être sont-ils dans des postures hypocrites pour satisfaire aux exigences de l'image du scientifique matérialiste qui se veut dénuée de toute spiritualité ? Mais dans ce cas, où se situerait leur vérité ? À quel moment seraient-ils sincères ?

D'éducation catholique, exceptionnellement pratiquant – une messe de temps en temps pour les grandes occasions, et encore... –, j'en étais moi aussi arrivé à cette singulière attitude ambivalente avant que la chose se produise.

La chose me fit retrouver la mémoire. Avant ce qui pourrait correspondre à une explosion nucléaire inattendue dans un cerveau formaté, je n'avais plus aucun souvenir de certains événements cruciaux de ma vie. Par exemple, l'épisode de ma guérison spectaculaire à Lourdes vécue 18 ans plus tôt était passé aux oubliettes. L'incroyable miracle dont je fus l'objet m'émeut pourtant jusqu'aux larmes chaque fois que je l'évoque. Cette expérience essentiellement spirituelle rentrait en totale dissonance cognitive avec mon apprentissage matérialiste. Le système « antivirus » inoculé par les enseignements reçus avait gommé l'histoire. Une histoire néanmoins primordiale, pour ne pas dire capitale.

Je vous la raconte.

À l'âge de neuf ans, une mauvaise chute dans la cour de récréation de l'école pulvérisa mon épaule en une multitude de vilains petits morceaux. Cette articulation bloquée désespérait mes parents. Les séances de rééducation, les mois de plâtres répétés, les manipulations sous sédation ne parvenaient pas à lui rendre sa mobilité. Sur les radios, on voyait bien que la tête humérale ressemblait davantage à la silhouette d'un vieux hérisson malade qu'à celle d'une boule de billard. Il fallait se rendre à l'évidence : mon bras droit était condamné. Une seule solution : attendre l'âge adulte pour bénéficier d'une prothèse qu'il faudrait changer tous les dix ans. Cette sentence prononcée par le chirurgien avait fait pleurer ma mère. J'avais surpris une conversation de mes parents dans la cuisine. Maman se lamentait en essuyant ses larmes : « Tu te rends compte, il ne pourra pas conduire, il ne pourra pas travailler, il ne pourra pas danser, il ne pourra pas se marier. Il ne pourra rien faire ! Personne ne voudra de lui… Sa vie est foutue ! »

À vrai dire, elle était bien plus malheureuse que moi car j'avais fini par m'habituer à ce handicap ; je me débrouillais très bien avec mon bras gauche. L'autre restait collé à mon corps comme l'aile atrophiée d'un petit oiseau blessé, mais ce n'était pas un trop gros problème pour moi.

Puis, un jour, sans vraiment savoir pourquoi, j'ai voulu aller à Lourdes. Aujourd'hui encore, je me demande ce qui a bien pu me pousser à souhaiter entreprendre ce périple.

Ce lieu de pèlerinage, où est apparue à plusieurs reprises la Vierge Marie à Bernadette Soubirous il y a plus de 150 ans, est connu pour ses guérisons miraculeuses. Je le savais, j'en avais entendu parler, mais ce n'était pas cette raison qui me motivait. Je voulais aller là-bas, c'est tout. C'est d'ailleurs ce que je répondais quand on cherchait à en savoir plus. Mes parents, bien qu'étonnés, ne souhaitaient pas contrarier ce surprenant projet. Ma grand-mère maternelle, catholique, aussi pratiquante que convaincue, était très fière que son petit-fils veuille se rendre dans cet endroit sacré. « Je viens ! Je vous accompagne. Je serai avec le petit Jean-Jacques pour prier avec lui ! »

C'était un long voyage pour l'époque. J'habitais à Boussens, un tout petit village situé à plus de 200 km de Lourdes. Les autoroutes étaient rares. Nous partîmes tôt un dimanche matin sans perdre trop de temps car mes parents travaillaient le lendemain. Il était aussi hors de question de me faire louper l'école lundi ! Mamie n'avait, quant à elle, aucune obligation particulière.

Chaque fois que je pense à ce bref séjour dans la cité mariale, mes souvenirs me projettent instantanément là-bas. Je revois parfaitement l'endroit. Des cierges de toutes tailles s'agrippent sur la roche grise constellée de buissons. La montagne pleure des larmes de cire qui tombent en scintillant. Des vagues de pèlerins multicolores viennent mourir au pied du granit où trône au loin la statue de Marie. Et moi, je suis là, au milieu de la foule, ému par ces gens qui s'avancent vers elle en priant. Je ne sais ni quoi dire ni quoi faire devant toute cette misère claudicante et brinquebalante. Les moins amochés ont des béquilles ou sont poussés dans des fauteuils roulants, mais la plupart gisent en grimaçant sur des lits de douleur ornés de machines compliquées et de poulies grinçantes. D'autres tirent une bouteille d'oxygène pour les aider à respirer. Certains prient à haute voix. Beaucoup restent silencieux et joignent les mains en fermant les yeux. Quelques pèlerins progressent à genoux. Un peu partout, des prêtres et des bonnes sœurs essayent tant bien que mal de rassembler leurs ouailles.

Un grondement sourd et rythmé se fait de plus en plus présent ; c'est celui de murmures psalmodiés, celui des innombrables demandes faites à Marie. Ma bouche est sèche, ma gorge serrée, mes lèvres tremblent. Maman, derrière moi, devine mon trouble. Elle pose ses mains sur mes épaules et chuchote : « Tu vois comme c'est beau ici, toutes ces personnes qui prient. » Oui, elle a raison : c'est beau. Je lui demande si nous en avons encore pour longtemps avant d'arriver au pied de la statue. « J'en sais rien. Une demi-heure ?… Une heure ? De toute façon nous sommes bien obligés de faire la queue et de suivre le mouvement. Allez, avance ! » Ni elle ni moi, encore moins ma grand-mère, n'avions envie de renoncer.

Mon père nous observe au loin et nous fait un petit signe d'encouragement. Il semble minuscule derrière la grosse corde qui délimite la file d'attente.

Des chants religieux montent vers le ciel. Nous passons au-dessous des vestiges d'immenses bougies blanches. Ces stalagmites consumées exhalent leurs offrandes parfumées d'encens. Plus que quelques mètres... J'aperçois les profils de visages qui se penchent pour embrasser le minéral au-dessous du monument sacré. Ils se succèdent à un rythme soutenu. Des petits pas, encore... C'est à moi. Je fais comme les autres, je dépose un baiser sur la pierre polie par les espoirs de chacun. Je formule mon souhait sans parler : « Marie, s'il te plaît, fais que tous les gens qui sont là guérissent. » J'ai presque honte de mon histoire d'épaule. Elle est tellement dérisoire qu'elle en est presque ridicule. Un long frisson me glace le sang. Une joie infinie m'envahit. Je devine que Marie m'a entendu. Je regarde vers le haut. Son visage de neige semble me sourire dans l'éclat d'un rayon de soleil qui me fait plisser les yeux.

Quelques heures plus tard, nous roulons en silence vers la maison. Nous sommes au beau milieu de la nuit. Mon père conduit sans dire un mot. À sa droite, maman s'est assoupie. À mes côtés, ma grand-mère égrène son chapelet en remuant doucement ses lèvres. Je colle mon front brûlant sur la vitre embuée de la portière. Cette fraîcheur me fait du bien. Je repense aux malades, aux éclopés de la vie qui étaient avec nous à Lourdes. *Que font-ils maintenant ? Se sentent-ils soulagés ?*

Tout à coup, à quelques kilomètres de l'arrivée, je reconnais le même frisson glacé. C'est celui de la grotte miraculeuse. Ce froid contraste avec la chaleur colossale qui enserre mon épaule malade. C'est comme une main de géant sur mon articulation bloquée. Une brûlure apaisante. Je comprends que je suis sur le point de guérir. Je ne dis rien à personne et savoure cette délicieuse sensation.

Le lendemain matin, une énorme surprise nous attend : je bouge mon épaule paralysée sans aucune limitation et sans aucune douleur !

Mes parents sont fous de joie. Ils téléphonent immédiatement à ma grand-mère. Je vous laisse imaginer son bonheur quand elle apprend la nouvelle !

Mais le plus surpris de tous reste quand même le chirurgien qui s'occupait de moi. En examinant les radios quelques jours plus tard, il ne peut s'empêcher de s'exclamer : « C'est à n'y rien comprendre, tout a disparu ! On dirait que cette épaule n'a jamais eu de fracture ! »

Si vous racontez cette histoire à un de mes confrères qui veut avoir réponse à tout, il vous dira sans doute que cette spectaculaire guérison est due à un effet placebo ou à quelque chose de ce genre. C'est probablement l'explication que j'aurai moi aussi donnée juste avant de vivre la chose.

Juste après la chose

JUSTE APRÈS LA CHOSE, ma vie fit un virage à 180 degrés en me faisant comprendre l'essentiel : nous sommes un esprit incarné le temps d'un court passage terrestre et celui-ci perdure dans une autre dimension au moment de la mort.

Pour certains, il faut moult années d'études et de recherches pour parvenir à cette conclusion. Pour moi, cinq petites secondes ont suffi. Avoir cette connaissance, ignorée par beaucoup, chamboule tous les repères et les objectifs que l'on s'est fixés.

Après la chose, je suis rentré chez moi en annonçant à mon épouse que je ne voulais plus être généraliste. Il fallait que je devienne anesthésiste réanimateur pour étudier ce qui se passe réellement au moment de la mort et des comas. Cela impliquait de gros bouleversements, notamment celui d'abandonner notre projet d'installation à la campagne et le rachat de la clientèle du médecin qui partait à la retraite. Au lieu de commencer à gagner ma vie, nous devions encore investir dans trois années d'études supplémentaires, sanctionnées par un concours difficile à Paris. Ce n'était pas gagné, loin de là ! D'autant qu'au cours de la deuxième année de cet itinéraire à rallonge, notre petite famille s'agrandit avec l'arrivée inattendue de nos jumeaux, Laurent et Damien. La partie fut rude – passons sur les détails –, mais nos efforts furent récompensés.

Une fois mon diplôme en poche, je fis de nombreux remplacements aux quatre coins de la France, outre mon travail régulier en réanimation dans un service spécialisé en neurochirurgie. C'est à ce moment qu'une autre surprise survint : aussi incroyable que cela puisse paraître, je pouvais entrer en relation télépathique avec certains comateux.

Le premier contact fut établi avec une jeune femme qui, voulant mettre fin à ses jours, avait ingéré une dose phénoménale de barbituriques. Un soir de garde, l'infirmière de réanimation m'appela en catastrophe : « Venez vite docteur, l'intox désature, sa sat' est à 50 ! » En langage clair, cela veut dire que la suicidée manquait d'oxygène et que, faute de trouver une solution rapide, la mort surviendrait en moins de dix minutes. La profondeur de son coma avait conduit l'équipe qui l'avait reçue en urgence à suppléer ses fonctions respiratoires en reliant ses poumons à un respirateur artificiel par l'intermédiaire d'une sonde enfoncée dans la trachée. Ses yeux étaient fermés par du sparadrap car, au stade neurologique qui était le sien, le clignement périodique des paupières avait disparu depuis bien longtemps. Sans la présence de ce réflexe, un œil ouvert en permanence se dessèche et une conjonctivite érosive irréversible apparaît très rapidement.

Arrivé à son chevet, une idée obsédante m'envahit. C'était comme si une voix s'adressait directement à mon cerveau sans passer par mes oreilles. Et cette voix insonore disait, ou plutôt criait : « Il faut m'aspirer la sonde. Il faut m'aspirer la sonde ! » C'était à la fois impérieux et grave, un ordre formel, une injonction. Le fait que je demande à l'infirmière une aspiration pour vérifier la perméabilité de la sonde n'avait rien de surprenant. C'est le premier geste que ferait n'importe quel réanimateur en de pareilles circonstances. Mais Josiane qui m'avait alerté au beau milieu de la nuit voulut gagner du temps : « Inutile d'aspirer. J'ai vérifié. Y a pas de bouchon, docteur ! » Je n'avais aucune raison de ne pas suivre son conseil. Josiane était une soignante expérimentée et il eut été logique de lui faire confiance. Sauf que là-haut, dans ma tête, ça insistait lourdement : « Il faut m'aspirer la sonde ! Il faut m'aspirer la sonde ! » C'était tellement pressant que j'ai fini par céder, quitte à vexer mon assistante. L'infirmière prit son air bougon en me tendant le fin tuyau blanc. Mais elle changea brutalement de tête en découvrant l'amas de sécrétions sèches accrochées à son extrémité une fois mon intervention terminée. Il y avait bel et bien un bouchon dans la sonde de la comateuse ! Ce redoutable obstacle l'aurait rapidement tuée si je m'étais abstenu de faire cet ultime contrôle.

Plus surprenant encore, ma rencontre avec la jeune femme sortie de son coma sans aucune séquelle dès le lendemain de cet épisode qui aurait pu tourner au drame.

Elle me sourit et me reconnut immédiatement : « Ah mais c'est vous docteur qui m'avez sauvée. Merci, merci. Et je vous le disais de m'aspirer la sonde ! Je vous le disais ! Heureusement que vous m'avez écoutée ! » J'étais stupéfait. Elle ne pouvait pas me voir, puisque ses yeux étaient clos par du sparadrap. Elle ne pouvait pas non plus me parler, puisqu'elle était dans un coma profond et qu'une sonde d'intubation passait au beau milieu de ses cordes vocales. Alors comment avait-elle pu réaliser cette prouesse ? Comment voir sans les yeux ? Comment être aussi lucide et analyser parfaitement une situation avec un cerveau qui fonctionne au ralenti ? Et surtout, oui surtout, comment établir dans ces conditions ce lien télépathique avec moi ? Allez-y chers confrères. Vous qui avez une explication rationnelle à tout. Ne vous gênez pas. Allez-y, expliquez-moi ça !

Le deuxième contact télépathique qui restera pour toujours gravé dans ma mémoire est celui que j'ai établi avec un patient en fin de vie dans le coma. L'octogénaire atteint d'un cancer généralisé terminait ses jours dans le service de médecine de l'établissement où je travaillais. Je connaissais parfaitement son dossier médical car je l'avais endormi plusieurs fois pour diverses chirurgies palliatives de confort. Je fus très contrarié de le retrouver un matin sous respirateur dans le service de réa. On m'expliqua la bavure. Le malheureux était victime d'une erreur médicale. Vers trois heures du matin, son cœur s'était arrêté. L'équipe de nuit, parant au plus pressé et ignorant qu'il ne fallait pas le réanimer, réussit à faire repartir une vie qui ne demandait qu'à se terminer. On s'aperçut très vite de la grosse boulette en consultant sa fiche d'observation. Oui mais trop tard. D'où son transfert secondaire en service de réanimation.

Je vis tout de suite en soulevant ses paupières qu'il était en état de mort cérébrale, des pupilles dilatées qui ne réagissent plus à la lumière du jour ne prêtent pas au doute. Par contre, son cœur battait toujours et cette situation pouvait durer plusieurs jours. C'est alors qu'il m'a parlé. Il m'a parlé sans émettre aucun son. J'ai immédiatement reconnu cette façon de communiquer. Comment aurais-je pu oublier ce que j'avais vécu avec la comateuse intoxiquée aux barbituriques ? Le vieil homme me disait : « Il faut fouiller dans mon portefeuille ! » Je n'ai pas osé faire d'emblée cette surprenante requête à la surveillante générale. Je lui ai simplement demandé si je pouvais avoir « les papiers » du mourant. Pensant que je désirais prévenir sa famille, elle me donna l'identité de sa fille et son numéro de téléphone. Mais ce n'était pas ça que je voulais, il me fallait son portefeuille ! Je finis par lui dire : « Vous pouvez aller me chercher son portefeuille s'il vous plaît ? » Elle écarquilla les yeux et afficha un sourire gêné : « Heu... son portefeuille ? Vous voulez son portefeuille, c'est bien ça docteur ? »

On finit par le trouver dans l'une des poches intérieures de sa veste. La vieille enveloppe en cuir usé protégeait des photos jaunies, divers documents officiels et une lettre. Sur ce papier froissé, le patient condamné exprimait son souhait de ne pas être victime d'acharnement thérapeutique. Il y était écrit d'une main tremblante que s'il se trouvait un jour sous assistance respiratoire, il fallait le débrancher au plus vite ! Bien évidemment, cette demande on ne peut plus explicite a permis de soulager sa famille et son choix fut respecté.

Qui d'autre que lui pouvait me demander de me livrer à cette investigation ? Je n'avais jusque-là jamais émis ce désir farfelu de fouiller le portefeuille d'un de mes patients ! Je ne savais pas ce que je devais trouver, mais il fallait que je réalise son souhait. Ce phénomène télépathique ne s'est pas produit par l'intermédiaire de son cerveau, puisqu'il ne fonctionnait plus. Par delà la mort, l'esprit du vieil homme a atteint son but. Il m'a « parlé » et j'ai répondu.

Une vingtaine d'années plus tard, une jeune femme m'interpella à la fin d'une de mes conférences consacrées aux états de conscience modifiée. Je réserve en effet toujours les 30 dernières minutes de mes interventions à répondre aux questions du public. J'avais raconté mes deux expériences télépathiques avec les comateux et c'est sur ce sujet précis que mon interlocutrice souhaitait réagir. Elle était visiblement émue de nous livrer sa propre expérience. Elle agrippa le micro d'une main tremblante. Je cite de mémoire son étonnant témoignage. « Vous avez raison, docteur, de dire que les comateux peuvent communiquer par télépathie. Moi, c'est la télépathie qui m'a sauvée. J'entendais parfaitement les deux anesthésistes discuter de mon cas au pied de mon lit. Ils me pensaient inconsciente, mais moi j'entendais tout ce qu'ils disaient. Ils n'étaient pas d'accord. Il y en avait un qui voulait me débrancher car j'étais selon lui foutue. Et l'autre qui voulait essayer un troisième antibiotique avant de capituler. Celui qui voulait me débrancher était le plus âgé. Il était visiblement d'un grade plus élevé que celui qui voulait que je vive encore un peu. C'était donc lui, le chef, qu'il fallait convaincre. Alors je me suis adressée à ce docteur par télépathie. Je lui ai dit : "Ayez pitié, je ne veux pas mourir maintenant, j'ai trois enfants en bas âge à élever, écoutez le jeune médecin, essayez ce troisième antibiotique !" Et dès que j'ai eu terminé de lui transmettre ce message par la pensée, j'ai entendu : "Bon d'accord, on va essayer ça !" Heureusement qu'il m'a écoutée, sinon je ne serais pas là pour vous le raconter ! »

Tout ceci nous démontre bien qu'une conscience résiduelle est capable de ressentir et de communiquer des informations indépendamment d'un fonctionnement cérébral normal.

Dix-huit ans après la chose

C'EST EN 2001 QUE J'AI COMMENCÉ à communiquer le fruit de mes recherches sur les expériences de mort imminente. Je venais de publier un roman chez un petit éditeur, CLC éditions, *Coma dépassé*. Le personnage principal est un anesthésiste confronté à ces fameuses expériences qui continuent à me passionner. J'avais lu dans les années 1970, le livre du docteur Raymond Moody *La vie après la vie*[5] qui portait à la connaissance du grand public les *Near Death Experiences* ou NDE (EMI ou expériences de mort imminente en français). Cet ouvrage, vendu à 13 millions d'exemplaires, est une compilation commentée par l'auteur de témoignages de personnes qui ont pu raconter leurs vécus lors d'arrêts cardiaques ou de périodes comateuses. En lisant ce succès de librairie, on s'aperçoit que ce singulier voyage dans l'au-delà comporte bon nombre de similitudes. Les *expérienceurs*[6] sortent de leur corps, la plupart du temps par le haut de leur crâne, la fontanelle ou le septième chakra des hindous. Ils assistent à leur réanimation ou à des scènes précises se déroulant à distance de l'endroit où ils se trouvent. Et c'est

5. Robert Laffont, 1976.

6. Les personnes qui ont vécu une EMI. Néologisme du terme « *experiencer* » employé par Moody.

sans nul doute ce phénomène-là qui dérange le plus les matérialistes qui souhaitent faire passer les EMI pour des hallucinations secondaires à un grave dysfonctionnement cérébral. En effet, comment expliquer qu'un expérienceur puisse par exemple décrire sans aucune erreur ce qui se passe dans un appartement situé à plusieurs kilomètres de là au moment précis où son cœur s'est arrêté ?

Vient ensuite le passage dans un tunnel avec, au bout, une lumière d'amour inconditionnel. La rencontre avec des êtres chers décédés, des anges, des guides, Dieu parfois... Un Dieu qui peut prendre différentes « colorations » en fonction des convictions de chacun. La revue de vie ou *rétrocognition* est assez fréquente dans les récits. Les voyageurs de l'au-delà nous racontent notamment qu'ils ont ressenti tout le bien et le mal qu'ils ont fait aux autres comme si c'était à eux-mêmes que ces actions étaient destinées. Plus rare, la *précognition* permet de connaître son futur, une sorte de voyance sur un avenir personnel. Une limite infranchissable est symbolisée de différente manière ; ce peut être une ligne blanche fluorescente, un mur, un grillage, une haie... Au-delà de cette frontière, il semble que le retour à la vie ne soit plus possible. Vient alors la réintégration du corps, qui s'avère aussi pénible que fastidieuse. Cette dernière phase est la plupart du temps accompagnée d'une immense nostalgie de cette incroyable aventure qui restera pour toujours l'expérience la plus importante d'une vie.

Cet ouvrage m'avait intéressé, mais sans plus. Avant ce mois d'octobre 1983, je l'avais pour ainsi dire totalement oublié. Il devait être caché dans un recoin sombre de ma mémoire. Les cinq secondes de la chose lui ont donné un sacré coup de projecteur en me démontrant sans aucune ambiguïté que le vécu des expérienceurs était bel et bien réel, et que cet incroyable périple n'avait rien à voir avec une hallucination.

Quand mon premier roman est paru, j'avais déjà collecté quelques témoignages. Mon métier d'anesthésiste réanimateur me donne en effet l'opportunité de le faire. Il suffit d'interroger les personnes qui ont connu un arrêt cardiaque ou un coma prolongé et de les écouter parler. Mais ce recueil d'informations n'est pas aussi simple qu'il y paraît. D'abord, les personnes concernées ne sont pas toujours en capacité physique de faire des confidences ; elles sont trop fatiguées, trop diminuées ou avec des séquelles neurologiques trop lourdes. Ensuite, il faut savoir qu'elles ne communiquent pas immédiatement sur leur expérience, il leur faut souvent plusieurs années, voire quelques décennies avant de « digérer tout ça » et pour pouvoir commencer à seulement l'évoquer du bout des lèvres. La première personne à qui l'on en parle est souvent un proche, rarement un étranger. À plus forte raison si cet étranger porte comme moi une blouse blanche ! La peur d'être rapidement « psychiatrisé » et revêtu d'une camisole dissuade instantanément celles et ceux qui veulent livrer ce genre de confidence. Bref, ma collecte de témoignages n'était pas suffisante pour en faire une étude ou écrire un ouvrage. Toutefois, je souhaitais informer un maximum de personnes sur le « phénomène EMI ». J'en faisais même un objectif prioritaire. Il fallait que je puisse faire reconnaître la réalité des cinq secondes de la chose qui prouvaient l'existence de l'esprit et sa survie après la mort. De toute évidence, cet objectif passait par la reconnaissance des EMI comme expériences réelles, et non hallucinatoires. Le fait de choisir le roman comme vecteur de communication sur cette thématique ne m'a pas trop mal réussi. J'étais régulièrement invité dans des salons du livre ou des cafés littéraires, mais aussi dans quelques radios ou de trop rares émissions de TV. Cette petite notoriété m'a tout de même permis de recueillir beaucoup plus de témoignages. Les expérienceurs étaient trop heureux de trouver enfin un médecin – qui plus est anesthésiste réanimateur – prêt à les écouter sans les prendre pour des fous *a priori*. D'autres romans ont suivi : *Derrière la lumière*, *Éternelle jeunesse*, puis bien plus tard, *La mort décodée*. Dans toutes ces histoires, les EMI sont en quelque sorte le fil rouge.

La chose avait fait de moi un romancier très spécialisé.

Vingt-deux ans après la chose

EN 2005, J'AVAIS PRIS POUR HABITUDE de faire ici où là quelques rares conférences sur les EMI dans « les milieux autorisés », des structures scientifiques reconnues qui n'ont rien à voir avec tout ce qui touche à l'ésotérisme : facultés de médecine, écoles d'infirmières, CNRS, INSA, INSEE[7]...

Un matin du mois de mai, je reçus sur mon lieu de travail un surprenant coup de téléphone qui devait mettre fin à ce qui était sur le point de devenir une routine.

– « Bonjour docteur. Je suis le président d'une association à Toulouse qui s'appelle Source de vie. J'ai appris que vous donniez des conférences sur les NDE et je souhaite vous inviter pour en faire une chez nous si vous êtes d'accord.

– Pourquoi pas. C'est quel genre d'association ?

– Une association d'aide aux personnes en deuil.

– OK, belle initiative. Comment faites-vous pour aider ces personnes ?

– Nous faisons venir des conférenciers qui parlent du sujet que vous traitez et aussi des médiums.

– Des médiums ?

---

7. Centre national de la recherche scientifique, Institut national des sciences appliquées, Institut national de la statistique et des études économiques.

– Oui, des médiums. En première partie, il y a un conférencier et en deuxième un médium qui fait sa séance.

– Sa séance de quoi ?

– De médiumnité. Les personnes qui sont dans la salle mettent des photos de leurs proches décédés sur la table et le médium établi des contacts avec eux.

– Des contacts avec les morts ?

– Oui, des contacts avec les morts. C'est le principe de la médiumnité.

– Bon, je vais être très franc avec vous. Je veux bien faire une conférence sur les NDE pour aider les personnes en deuil, mais il est hors de question que je fasse cette conférence avec un médium.

– Pourquoi ? Vous n'aimez pas les médiums ?

– Non ce n'est pas ça, mais...

– Vous avez déjà vu travailler un médium en salle ?

– Non jamais, et à vrai dire je n'y tiens pas du tout !

– Pourquoi ne viendriez-vous pas dimanche prochain ? Nous en aurons un qui a une excellente réputation. Il s'appelle Henry Vignaud. Venez voir comment ça se passe, ça ne vous engage à rien et vous pourrez vous faire une idée... »

La chose m'avait fait comprendre que nous sommes un esprit incarné qui poursuit sa vie dans l'au-delà après la disparition du corps, mais pas qu'il existait des hommes et des femmes qui soient en mesure de dialoguer avec les morts. J'étais passé du stade d'ignorant intégral à celui d'ignorant moyen ! Pour être franc, je pensais que tous les médiums, sans exception, étaient des charlatans qui exploitaient le chagrin des personnes en deuil pour se bâtir une petite fortune en échappant au fisc. À bien y réfléchir, cette idée préconçue ne reposait que sur une croyance véhiculée par l'éducation judéo-chrétienne de mes aînés. En réalité, je n'avais jamais rencontré un seul médium et je n'avais aucune idée de la façon dont se déroulaient ces séances publiques évoquées par le président de Source de vie. C'est malheureusement trop souvent le cas. Les gens se font une opinion bien précise sur des choses qu'ils ne connaissent même pas.

Mais effectivement, répondre à cette première invitation ne m'engageait à rien. Cette expérience finirait sans doute par renforcer mes certitudes sur ce que je pensais être une vaste escroquerie collective. Comment ce fameux médium allait-il s'y prendre pour duper son public ? Quelles supercheries allait-il utiliser ? Aurai-je la possibilité de voir les ficelles utilisées, de démasquer ses trucs ? Ma curiosité était piquée.

Me voilà donc installé sur ma chaise avec un petit carnet à ressort dans une main et un stylo dans l'autre, au milieu d'un public d'environ 200 personnes.

Il y avait quelque chose de pesant dans cette salle. On sentait que la mort rôdait. Des personnes habillées en noir, des jeunes femmes aux yeux rougis, des hommes pâles aux traits tirés. Tout était lourd et poisseux. Oui, c'est ça : poisseux, presque visqueux. Les gens évoluaient au ralenti comme s'ils étaient englués dans une sorte de colle invisible. La même que celle qui piégeait les mouches sur les rubans que l'on suspendait autrefois au plafond des maisons de campagne. Les naïfs étaient scotchés par cette vaste fumisterie collective. Du moins, c'est ce que je croyais à ce moment précis. Certains s'essuyaient le front avec un mouchoir. Des traces de sueur marquaient les chemises. Nous n'étions pas encore en été, mais il faisait très chaud. Pas de « clim » et très peu d'aération. Une femme plantureuse se leva en soufflant pour entrouvrir une porte-fenêtre. Face à cette assemblée, un homme assis semblait dormir ou se concentrer. Son visage était caché par ses deux mains blanches et ses coudes reposaient sur un petit bureau recouvert de photos. Et moi de penser : *c'est quoi ce cirque ? Qu'est-ce que je fais ici ?*

Le brouhaha s'estompa. Les gens chuchotèrent encore quelques secondes puis se turent. La messe pouvait commencer. Le médium sortit de sa léthargie. Il scruta la foule en fronçant les sourcils comme s'il cherchait quelqu'un. Son regard s'arrêta sur moi quelques secondes puis repartit ailleurs. La tension montait. Je m'étonnais d'être si mal à l'aise. Soudain, il tendit son bras pour désigner une femme blonde d'une trentaine d'années.

– « La dame habillée avec un chemisier marron là… non pas vous madame… l'autre dame derrière, oui, c'est ça avec le chemisier marron.

– Moi ?

– Oui c'est cela. C'est bien vous. Derrière vous, je vois un esprit qui se présente. Il est juste derrière vous, au-dessus de votre épaule droite. C'est un petit enfant. Il a environ quatre ou cinq ans et il me montre un ours en peluche bleu. Je ne sais pas pourquoi il fait ça. Ça vous parle madame ce que je viens de vous dire ?... Non, ne pleurez pas, madame... Ne sois pas triste, maman, me dit l'esprit à l'oreille. C'est votre fils, c'est ça ? Il est parti pour l'autre monde il n'y a pas très longtemps.

– Non, ça fait trois mois...

– Et cet ours, c'est quoi ? Pourquoi il me montre ça ?

– C'était son jouet. On lui a mis dans son cercueil... son ours en peluche.

– Il était bien bleu cet ours, madame ?

– Oui, il était bleu.

– Merci, madame. »

J'eus bien du mal à ne pas pouffer de rire. Cette jolie blonde ne pouvait être qu'une complice. Comment pouvait-on être à ce point stupide et croire de pareilles bêtises ? Oui, mais voilà, plus le temps passait, plus j'avais un gros problème avec cette explication car des complices, il y en avait partout : sur ma droite, sur ma gauche, derrière, devant... partout ! Le médium donnait à chaque fois des détails précis pour que les participants reconnaissent les prétendus « esprits » qui s'adressaient à eux par son intermédiaire et ces détails-là ne pouvaient pas s'inventer. Ils étaient du même niveau que le très spectaculaire « ours en peluche bleu ». Je me demandais quelle somme d'argent il devait donner à tous ces comédiens pour les récompenser de cette flagrante imposture.

Henry Vignaud interrompit brutalement mes calculs en s'adressant à moi.

– « Moi ?

– Oui, vous. Le monsieur avec un carnet à la main là… Mon guide me dit à l'oreille que votre maman est fatiguée mais qu'il ne faut pas vous en faire. Elle va vite retrouver une bonne santé. »

Ma mère était effectivement hospitalisée pour les suites d'une opération bénigne. Je l'avais endormie quelques jours auparavant pour lui enlever une vésicule biliaire inflammatoire qui menaçait de s'infecter. Sa convalescence se déroulait sans problème. Donc, en plus des comédiens, il y avait aussi des enquêteurs qui travaillaient pour lui ? La suite fut encore plus difficile à digérer. Henry Vignaud me rappela que j'avais autrefois aidé une femme qui se remettait difficilement de son veuvage et que l'esprit de son mari décédé me remerciait pour cela. Tout était juste, y compris les prénoms des acteurs de cette histoire que j'étais le seul à connaître. Ma thèse des comédiens et des enquêteurs s'effondrait comme un château de cartes. *Mais alors ?… Et si tout cela était vrai ?* Henry Vignaud venait d'ouvrir une brèche dans le béton de mes certitudes.

Je fis donc cette première conférence à Source de vie, puis de nombreuses interventions dans des dizaines d'associations d'aide aux personnes en deuil. Un rapide calcul m'indique un chiffre supérieur à 250 ! Autant dire que je commence à très bien connaître cette véritable petite famille constituée spontanément pour soutenir celles et ceux qui, n'acceptant pas la mort d'un proche, sont au bord des dépressions les plus sévères avec un risque majeur de suicide. J'ai rencontré au cœur de ces assemblées des gens formidables tant au niveau des organisateurs que des médiums sévèrement sélectionnés pour intervenir en séances publiques. La petite vingtaine d'hommes et de femmes capables de communiquer avec l'au-delà sont triés sur le volet. Bien sûr, tout n'est pas rose au pays des médiums et il faut savoir faire preuve de discernement ; distinguer ceux qui sont doués pour avoir la grâce de recevoir les informations du monde invisible de tous les autres : les charlatans qui sont légion dans cette discipline, les escrocs qui s'engouffrent dans la brèche de la douleur et du deuil pour faire grossir leur compte en banque. Mais on ne doit pas pour autant faire d'amalgames excessifs : tous les médiums ne sont pas des imposteurs, loin de là ! Soutenir cet axiome serait tout aussi stupide que de penser qu'il n'y a que des gens honnêtes dans la corporation médicale ! D'autre part, proclamer haut et fort que la médiumnité empêche de faire un travail de deuil en entretenant les souvenirs d'une disparition est tout aussi ridicule. On ne fait pas son deuil en oubliant mais plutôt en acceptant un décès. Comment oublier la perte d'un enfant ? Comment gommer de sa vie un pareil cataclysme ? La perte d'un enfant ! Quoi de plus révoltant sur cette planète que de voir mourir l'aboutissement de toute une vie, le prolongement de sa propre existence terrestre, la chair de sa chair ? Non, ce n'est vraiment pas dans la logique des choses. D'ailleurs, il n'existe pas de mot dans notre vocabulaire pour désigner le papa ou la maman qui connaît ce drame alors qu'on parle d'orphelins, d'orphelines, de veufs ou de veuves. Il ne peut pas y avoir de hiérarchie dans la douleur d'une disparition, mais il faut bien reconnaître que celle-ci est particulièrement terrible. Face à cette insurmontable dépression, que propose la médecine traditionnelle ? Des psychotropes ? Des cures de sommeil ? Des prises en charge psychologiques ? Oui, mais sont-ce vraiment là les solutions parfaites, les remèdes miracles à cette énorme déflagration familiale ? Non, bien sûr que non ! Alors, s'il y a d'autres moyens pour faire accepter l'inacceptable, il ne faut pas hésiter une seconde à les utiliser. Du moins, c'est mon avis.

En découvrant la réalité des contacts médiumniques, 2005 fut pour moi une période propice à l'éveil spirituel. L'acceptation de cette possibilité me fit passer *ipso facto* du grade d'abruti moyen à celui d'abruti léger, mais il me manquait encore une étape pour progresser. J'étais en effet à ce stade tout à fait incapable d'admettre que le monde des esprits puisse communiquer avec les vivants autrement que par ces canaux humains.

Un ami chirurgien avec lequel je travaille encore aujourd'hui m'aida à franchir le cap. « Je connais un patient qui communique avec son fils décédé en faisant des enregistrements sur son magnétophone. Toi qui t'intéresses à tous ces phénomènes, tu devrais aller le voir pour me dire ce que tu en penses. Il te connaît. Il a déjà lu tes livres. Tu sais, ce type n'est pas fou. Il est tout à fait clair dans sa tête. Il n'a rien d'un illuminé. Je le suis pour un problème de prostate depuis de nombreuses années. Quand je l'ai vu pour la première fois, il venait de perdre son unique fils et était complètement détruit. Six mois plus tard, il était radieux avec un sourire magnifique. J'étais un peu étonné. Et c'est là qu'il m'a dit qu'il parlait avec son fils en faisant des enregistrements... »

À l'époque, je n'avais qu'une idée très approximative de ce mode de relation avec l'au-delà. J'avais lu *Les morts nous parlent*[8] du père François Brune, rencontré au Salon du livre de Brive en 2003, écouté quelques enregistrements de voix de disparus sur le Net et à l'occasion de conférences faites dans certaines associations, mais tout cela ne m'avait franchement pas convaincu. La *transcommunication instrumentale* ou TCI est une technique pratiquée dans le monde entier. Elle nécessite l'utilisation d'instruments divers pour recevoir des messages de l'au-delà : téléphone, téléviseur, haut-parleur de radio, magnétophone, ordinateur, imprimante, fax, etc. Mais il faut savoir que la plupart du temps, le terme TCI désigne des enregistrements de voix de disparus faits sur des supports vibratoires servant de bruits de fond tels qu'un écoulement d'eau, un poste de radio calé entre deux stations d'émission, du papier froissé, des frottements d'objets, le clapotis d'un ruisseau, le bruissement d'un feuillage sous le vent ou

8. Philippe Lebaud, 2002.

la mélodie de vagues venant mourir sur une plage. Cette liste n'est pas exhaustive, toute source de sons pas trop bruyants et suffisamment réguliers peut convenir.

La façon dont Louis me serra la main en me regardant droit dans les yeux pour m'accueillir chez lui me confirma la description de mon ami chirurgien qui m'avait conseillé cette visite : un homme « clair dans sa tête ». Derrière lui, son épouse Roselyne m'invita à les suivre dans un petit salon près d'une cheminée éteinte. Notre discussion s'orienta très vite vers Laurent, le fils unique du couple, décédé à l'âge de 26 ans alors qu'il était en voyage de noces. Il s'était noyé à Nouméa dans deux mètres d'eau sous les yeux de sa femme et de ses amis restés sur le bateau. Le drame s'était produit en 1992. Deux ans plus tard, Laurent apparaissait très distinctement sur une émouvante photo prise par sa femme lors d'une réunion familiale, alors que, bien sûr, son époux décédé n'était pas du tout visible au moment du cliché.

Les messages de Laurent, enregistrés tout d'abord par Monique et Jacques Blanc-Garin[9], des spécialistes reconnus en TCI, puis par Louis et Roselyne, ont considérablement atténué la douleur du deuil des parents. Louis est quelqu'un de très rationnel. Son ancienne profession de pilote de ligne long-courrier d'UTA en dit long sur sa personnalité. Lorsque je lui ai demandé s'il avait un doute sur l'origine

---

9. www.infinitude.asso.fr

de ses contacts, il m'a répondu, après avoir soufflé vers le plafond une copieuse bouffée de sa pipe :

– « Sur l'enregistrement des Blanc-Garin, nous avons immédiatement reconnu les intonations et les expressions de notre fils. Pour nous, il n'y avait aucun doute, c'était bien lui qui nous parlait. Nous reconnaissions les mots et les phrases qu'il employait de son vivant. Nous ne comprenions pas pourquoi des étrangers avaient réussi à communiquer avec lui, tandis que nous, ses propres parents, nous n'étions pas parvenus à obtenir le moindre contact.

– Pendant trois mois, ce fut le silence total. Je pleurais tous les soirs, poursuivit Roselyne. Nous étions prêts à abandonner tout espoir. Puis nous avons eu l'idée d'enregistrer nos propres conversations, comme l'avait fait Madame Simonet[10], et c'est au cours d'un repas qu'il nous a parlé pour la première fois...

– Oui, il a appelé son chien. On entend très bien : "Gipsy", coupa Louis. Depuis ce jour-là, j'enregistre tous les jours un quart d'heure vers midi et il me faut environ une heure d'écoute pour obtenir des messages. Mais on passe aussi de longues périodes sans enregistrer du tout. »

10. *Réalité de l'au-delà et transcommunication*, éd. du Rocher, 2004. Monique Simonet est partie pour l'autre monde le 21 juin 2016. C'était l'une des pionnières en France de la TCI. Après avoir obtenu en 1979 sur un simple petit magnétophone la voix de son père décédé, elle a réalisé des milliers d'enregistrements pour répondre aux demandes de personnes en deuil. Elle a écrit de nombreux ouvrages sur la TCI. Celui que je mentionne ici est le seul que j'ai lu et je l'ai bien sûr apprécié.

Louis et Roselyne me montrèrent la photo sur laquelle leur fils est mystérieusement apparu deux ans après sa mort et me firent entendre leurs enregistrements. Le cliché est bluffant : on ne voit aucune différence entre « l'apparition » et les personnes qui l'entourent. Quant aux voix, elles sont suffisamment distinctes pour comprendre les phrases prononcées par Laurent. De toute évidence, un surprenant dialogue a pu s'établir entre le monde des vivants et celui d'un jeune garçon regretté passé trop tôt de l'autre côté du voile. En voici quelques extraits :

– « Que fais-tu, Laurent, dans l'au-delà ?

– Je travaille bien, je prépare le monde, je survivrai.

– Que t'est-il arrivé ?

– C'est un accident.

– As-tu retrouvé des parents dans l'au-delà ?

– Oui, bien sûr, je ne suis pas tout seul.

– Que penses-tu de l'au-delà ?

– Ce n'est pas différent.

– As-tu un message pour ton épouse ?

– C'est un bonheur cassé. Moi, je suis très heureux là.

– Peux-tu prononcer ton prénom ?

– Je suis Laurent, ma p'tite famille.

– Peux-tu dire un mot à ta maman ?

– Je suis là, il n'y a pas de doute... Je suis près de vous... Je vous entends bien. Un baiser c'est bien... Je vous aime. »

On ne ressort pas indemne d'une pareille expérience. J'étais bouleversé en quittant Louis et Roselyne. Je venais de me rendre compte de la puissance du réconfort qu'apportaient ces dialogues à un couple qui avait traversé la pire des tempêtes : la perte d'un enfant. Ce « je vous aime » bien audible qui m'avait donné la chair de poule, arrivant d'on ne sait où et prononcé on ne sait comment, valait bien les meilleurs antidépresseurs du monde. D'ailleurs, un fait est là : depuis que Louis et Roselyne ont découvert la TCI, ils n'ont plus besoin de médicaments pour calmer leur chagrin, toutes leurs boîtes d'anxiolytiques sont parties à la poubelle. L'industrie pharmaceutique a tout intérêt à ridiculiser ce genre de pratique. La France est le premier consommateur mondial de psychotropes par habitant, mais c'est aussi l'un des pays les plus spirituellement sous-développés de la planète. Connaissez-vous un seul membre du corps médical français qui s'intéresse à la TCI ou à la médiumnité ? Personnellement, je n'en connais aucun. En dépit de toute logique et contre toute attente, Louis et Roselyne respirent le bonheur. Ils ont compris que leur fils vit heureux dans l'au-delà et qu'il faut intégrer cette disparition provisoire en savourant les plaisirs de la vie.

Vingt-trois ans après la chose

JE VENAIS DE FAIRE SORTIR UN PATIENT de mon bureau de consultation lorsque ma secrétaire bascula sur mon téléphone une bien surprenante communication. Mon interlocuteur semblait pressé de me rencontrer. Il avait franchi avec succès le filtre impitoyable des coups de fil indésirables en faisant état de son statut de professeur au CHU de Toulouse. Sa voix était celle d'un homme mûr et sûr de lui. Il ne souhaitait pas donner le ou les motifs d'un rendez-vous qu'il tenait à organiser dans les plus brefs délais en dehors de nos lieux de travail.

« Vous comme moi sommes trop connus. Il faut nous voir à l'extérieur », me dit-il l'air gêné. Malgré ma volonté d'éclaircir le mystère, mon confrère resta de marbre. « Désolé, mais je préfère ne pas en dire plus au téléphone, on ne sait jamais... », ajouta-t-il encore.

J'aurais pu raccrocher et en rester là mais, piqué par la curiosité, j'eus envie d'en savoir plus. Nous convînmes de nous rencontrer dans un des cafés animés du centre-ville dès le lendemain à 18 heures.

J'étais attablé devant un verre de bière lorsqu'il arriva vers moi d'un pas décidé avec 20 bonnes minutes de retard. Il me fit un petit signe de la main et se dirigea vers les toilettes. Je profitai de cet instant de flottement pour enclencher mon téléphone sur la position enregistrement. Qui s'inquiéterait de la présence d'un portable posé sur un guéridon de bistro ? Je ne voulais rien perdre des informations pressenties capitales que ce professeur tenait absolument à me donner. Ce fut une excellente initiative car bien qu'il tienne à garder l'anonymat, le professeur X m'autorise à reproduire ici notre conversation sans en modifier un mot.

Il prit place en face de moi. Avec son regard concentré sur ses doigts alignés le long du bord de la table, il me fit penser à un pianiste devant son clavier avant le premier morceau de son concert. Après un rapide échange de banalités sur les difficultés de circulation aux heures de pointe, il attaqua sans délai le motif de notre entrevue.

– « Je vous ai vu à la télé la semaine dernière quand vous avez raconté ce que vous avez vécu en SAMU à la fin de vos études de médecine. Vous expliquiez que c'est cette expérience-là qui vous a changé...

– Vous avez regardé Direct 8 ?

– Exact ! Je ne regarde jamais cette chaîne et là je zappe et paf !... Je tombe sur vous, ou plutôt je retombe sur vous, parce que j'avais déjà vu cette émission il y a environ un mois. Elle a été rediffusée la semaine dernière et je vous revois au même moment et presque dans les mêmes conditions. Curieux non ?... Oui, bon, enfin, voilà, j'ai tout de suite pensé : va le voir pour lui raconter ton expérience, et comme ça il verra qu'il n'est pas le seul.

– Vous voulez dire que… vous aussi vous avez connu la même chose que moi ?

– Oui, à deux reprises.

– À deux reprises ? Incroyable !

– La première fois, c'était à la fin d'une vilaine opération qui s'était mal déroulée en raison d'une grosse hémorragie difficile à contrôler ; ça pissait la rage et quand le cœur s'est arrêté, c'est là que ça s'est passé. Mon instrumentiste aussi a pu le constater. Elle s'est figée, m'a regardé toute étonnée et a dit : "Merde alors ! C'était quoi ça ?" Je crois que cette chose nous a tellement chamboulés tous les deux que nous n'en avons jamais plus reparlé. C'est curieux non ?

– Qu'est-ce qui est curieux ?

– De ne plus en avoir reparlé. Alors que je suis sûr que cette histoire nous a beaucoup troublés. Après le décès du patient, nous étions trop contrariés. Vous savez bien, on culpabilise toujours. Et puis j'avais plein d'autres dispositions à prendre ; prévenir la famille, le médecin traitant, tout ça… Ensuite, ni elle ni moi n'avons eu l'occasion d'en reparler. Sans doute une sorte de pudeur, je n'en sais rien. Quand elle m'a dit : "Merde alors ! C'était quoi ça ?" je n'ai pas répondu, mais elle a dû parfaitement comprendre que nous avions vécu la même chose puisque nous étions face à face. Enfin, vous voyez bien de quoi je veux parler…

– Vous dites avoir eu une deuxième expérience ?

– Oui, la deuxième fois, c'était en tout début d'intervention. L'anesthésiste venait d'injecter l'antibiotique que je lui avais demandé, et c'est à ce moment-là que la chose est arrivée. On a massé le cœur pendant plus d'une heure, mais il n'est jamais reparti. Choc anaphylactique[11] à l'antibiotique... Irrécupérable ! Imparable... Affreux ! Un type jeune, une petite trentaine... Mais moi je savais bien qu'on ne pourrait pas le récupérer, la chose... enfin, vous savez bien, je ne vais pas vous faire un dessin...

– Ces deux expériences on dû changer votre façon d'envisager la mort, non ?

– Non, pas du tout... En réalité, je suis catholique pratiquant et je crois en la survie de l'âme. J'ai la foi. Je n'avais pas besoin de preuve.

– Mais pourquoi ne pas parler de ces deux expériences autour de vous ? Beaucoup de personnes n'ont pas la foi comme vous. Ça pourrait les aider.

– Non, je ne me sens pas capable de faire ça ! Vous savez, malgré les apparences et mon statut de professeur, je suis assez timide. Je n'aimerais pas être comme vous la cible de tous ces cons qui se moquent de ces trucs-là. Et puis il y a sans doute une sorte de pudeur, je n'en sais trop rien. Je préfère que vous le fassiez à ma place. Vous le faites très bien d'ailleurs... C'est pour cela que je voulais vous voir, pour que vous puissiez en parler à ma place.

---

11. Hypotension artérielle sévère d'origine allergique. Cette réaction redoutable induit souvent des arrêts cardiaques difficilement réversibles.

J'ai pas mal voyagé dans ma vie. Si on était dans un autre pays, je réagirais peut-être différemment mais ici, excusez-moi, je ne peux vraiment pas... »

Je n'eus aucune difficulté à retrouver l'assistante du chirurgien. Oui, elle se souvenait parfaitement de cet instant privilégié. Oui, elle avait vécu la chose en même temps que son patron. Non, elle n'en avait jamais parlé à personne, ni à ses proches, ni à sa famille, ni à son mari, ni même à celui avec lequel elle travaillait encore tous les jours, et qui avait vécu cette incroyable expérience en même temps qu'elle ; j'étais le premier. Pourquoi ? Une seule et unique raison : la peur ! La peur de quoi, de qui ? « La trouille c'est tout ! Je ne sais pas pourquoi, mais tous ces machins paranormaux me foutent la trouille et je préfère ne pas en parler », avait-elle ajouté sobrement avant de raccrocher.

C'est aussi en 2006, le 17 juin pour être plus exact, que j'ai eu l'occasion de participer au premier colloque international sur les expériences de mort imminente se déroulant en France[12].

12. Beauregard M., Charbonier J.-J., Dethiollaz S., Jourdan J. P., Mercier E. S., Moody R., Parnia S., Van Eersel P., Van Lommel P., *Actes du colloque de Martigues du 17 juin 2006. Premières rencontres internationales sur l'expérience de mort imminente*, S17 Production, 2007.

Sonia Barkallah, une jeune femme de 29 ans, eut le courage et l'énergie de rassembler 2 300 personnes venues écouter à Martigues, une petite ville située à quelques kilomètres de Marseille, des médecins qui s'étaient investis depuis des années sur ce thème très sulfureux. Nous étions des intervenants originaux puisque nos recherches se faisaient – et se font encore – sans aucune subvention. Nos travaux n'étant motivés que par notre simple soif d'en savoir plus sur le sujet.

Nous étions sept praticiens rassemblés pour une seule petite journée autour des EMI : Jean-Pierre Jourdan, un confrère français médecin généraliste, Pim van Lommel, cardiologue aux Pays-Bas, Sam Parnia, médecin spécialiste en soins intensifs au Royaume-Uni, Mario Beauregard, chercheur en neurosciences au Canada, Sylvie Dethiollaz, docteur en biologie moléculaire en Suisse et surtout, Raymond Moody, le professeur de philosophie devenu psychiatre, instigateur des NDE, venu tout spécialement des États-Unis pour l'occasion. J'étais le seul anesthésiste réanimateur et je consacrais ma courte intervention à raconter mes deux expériences télépathiques avec les comateux plutôt qu'à présenter mon exposé préparé depuis des mois. Une sorte d'intuition me poussa à bouleverser ce qui était prévu. Un timing restreint dû au retard pris par les autres conférenciers força mon choix. Ma prestation fut cependant remarquée puisque c'est la seule qui fut relayée par un journaliste de l'AFP. Celui-ci l'ayant trouvée à la fois simple et novatrice. Ainsi 165 pays reprirent son communiqué de presse avec mon interview. Après sa publication, il me fit une confidence : « Pour tout vous dire docteur, je ne pensais pas écrire une seule ligne sur cette journée de Martigues. Les NDE, la lumière, le tunnel, la sortie de corps, tout le monde connaît ça et on en parle depuis des décennies en répétant toujours la même chose. Et même si Moody vient à Martigues, ça ne motive pas un papier de l'AFP. C'est une affaire de spécialistes, vous comprenez... Mais là, avec vos histoires de télépathie chez les comateux, vous m'avez complètement bluffé. J'étais scotché ! »

Mon intuition était donc bonne. Grâce à elle, l'événement du 17 juin 2006 fit très rapidement le tour de la planète. Les orateurs de cette journée ont édité un communiqué. Aujourd'hui encore, je peux dire que chaque participant est très fier de ce petit document. Je transcris ici le passage le plus important : « Nous tenons à faire connaître au grand public ainsi qu'à la communauté médicale et scientifique les convictions qui sont les nôtres après des années de recherches sur ce phénomène. Bien que d'un point de vue scientifique, le déclenchement de l'expérience de mort imminente soit sans aucun doute relié à des phénomènes neurobiologiques dans le cerveau, son contenu extrêmement riche et complexe ne peut être réduit à une simple illusion ou à une hallucination produite par un cerveau en souffrance au moment de la mort. La réalité de l'expérience humaine n'est pas exclusivement déterminée par des mécanismes neurologiques, et la signification de l'EMI ne peut se réduire aux simples processus neurologiques qui accompagnent sa survenue dans le cerveau. »

Autrement dit, tous les chercheurs présents à cette journée étaient d'accord sur un point précis : l'EMI n'est pas une hallucination produite par un cerveau à l'agonie. Nous sommes encore actuellement unanimes pour reconnaître cette évidence néanmoins très contestée par beaucoup. Admettre que l'expérience n'est pas une hallucination revient à dire qu'elle est réelle et que les perceptions vécues par les expérienceurs le sont tout autant. Donc s'ils ont des perceptions réelles et, j'insiste lourdement, non hallucinatoires, cela veut dire qu'ils ont une conscience résiduelle très performante alors que leur cerveau est à l'agonie. Cette conscience serait même plus performante que lorsque les neurones fonctionnent normalement : capacité de voir et d'entendre à distance, de décrire les manœuvres de sa propre réanimation, mais aussi ce qui se passe dans une pièce voisine ou à des kilomètres de là !

La plupart des EMI se déroulent pendant un arrêt cardiaque. Nous savons aujourd'hui que dans les 15 à 20 secondes qui suivent l'arrêt cardiaque, le cerveau n'est plus opérant et a une activité corticale nulle : l'électroencéphalogramme (EEG) est plat. Ce qui définit la mort clinique. Aucune perception extérieure cérébrale n'est possible dans ces situations. En outre, nous savons que dans les conditions optimales de surveillance de l'activité cardiaque, c'est-à-dire dans nos unités de soins intensifs, il y a une période incompressible d'au moins deux minutes avant de faire repartir un cœur arrêté. Ce délai est, bien sûr, beaucoup plus long en intervention SAMU lorsque les réanimations s'effectuent à domicile ou sur la voie publique. On peut donc dire que toutes les personnes qui ont survécu à un arrêt cardiaque sont revenues d'une mort clinique. Certaines d'entre elles sont en mesure de nous raconter leur expérience. Pour cette raison, je préfère le terme d'expérience de mort provisoire (EMP) à celui d'EMI. La mort clinique dans ces cas-là n'étant ni imminente (EMI) ni proche (NDE), mais bel et bien effective. On ne parlera de coma dépassé que lorsque la mort clinique, c'est-à-dire l'inactivité cérébrale, sera devenue irréversible. Cette irréversibilité est déterminée par des tests électroencéphalographiques, radiologiques et biologiques qui seraient trop longs à détailler ici. C'est dans ces conditions-là que l'on peut prélever les organes qui continuent à vivre : le cœur, les reins, le foie ou les poumons pour les greffer sur des malades en attente. Ceci n'est possible que si le donneur est en état de coma dépassé. Cette précision est importante car beaucoup de personnes confondent la mort clinique avec le coma dépassé.

Au mois de mars 2016, j'ai pu parler très facilement de la théorie non hallucinatoire des EMP et de mon hypothèse de conscience intuitive extraneuronale délocalisée (dont j'expliquerai le mécanisme plus loin) dans *Le Magazine de la santé*, une émission médicale diffusée sur France 5, animée par Michel Cymes et Marina Carrère d'Encausse. Je me suis exprimé tout à fait librement. Le professeur Steven Laureys[13], directeur du Coma Science Group[14], connu pour ses assertions matérialistes sur le fonctionnement de la conscience, intervenait lors d'une interview filmée que j'eus le privilège de commenter en direct sur le plateau de la chaîne. Les médias ont bien évolué sur ce plan en une courte période. J'étais jusque-là habitué au traitement inverse : moi filmé, et copieusement coupé au montage, tandis que le scientifique matérialiste commentait le sourire aux lèvres, et en direct, ma prestation, ou du moins ce qu'il en restait... Mais je ne suis pas rancunier. J'ai simplement dit que le professeur Laureys faisait un excellent travail – ce que je pense très sincèrement –, mais totalement contre-productif pour les matérialistes, puisque malgré tous les efforts et tous les moyens financiers dont il dispose depuis tant d'années pour les accomplir, il n'est toujours pas parvenu à démontrer que l'expérience de mort imminente était une hallucination produite par un cerveau malade.

J'ai aussi profité de l'occasion pour présenter la thèse de doctorat en médecine de François Lallier. Cette thèse, que

13. Professeur de clinique au service de neurologie du centre hospitalier universitaire de Liège. Il se déplace le plus souvent avec un petit cerveau en plastique pour expliquer les NDE sur les plateaux de télévision. De lui cette phrase : « La seule preuve d'une vie après la mort, c'est le don d'organes. »

14. Centre d'étude des comateux profonds situé au CHU de Liège.

j'ai eu le plaisir de diriger et qui a reçu le 15 décembre 2014 la mention très honorable avec félicitations du jury, expose clairement l'hypothèse de l'existence d'une conscience délocalisée totalement indépendante du cerveau. Il y a dix ans, il était hors de question qu'un scientifique, qui plus est en exercice, parle de cette façon des EMP ! Celui-ci devait être un matérialiste pur et dur. Les seuls individus qui intervenaient à leur avantage sur les plateaux TV étaient à cette époque des neurologues, des psychiatres, des chercheurs en biologie moléculaire et autres aux titres plus ou moins pompeux qui soutenaient *mordicus* et sans le moindre doute que le cerveau était un organe qui fabriquait de la conscience, qu'il n'y avait sans lui aucune perception possible et que, par conséquent, les EMI ne pouvaient être que des hallucinations produites par un dérèglement neuro-hormonal majeur. Comme un certain nombre de confrères qui avaient sérieusement étudié ce sujet, je soutenais le contraire. Et cela donnait lieu à des situations savoureuses.

Je me souviens d'un documentaire diffusé en 2006 sur TF1 consacré aux EMI. La journaliste après mon interview, commenta : « Et maintenant nous allons avoir l'avis d'un scientifique... » Le scientifique en question était bien évidemment un matérialiste convaincu, mais il n'était pas pour autant plus « scientifique » que moi puisque nous avions le même cursus d'études ! Cela s'appelle de la désinformation pure et dure. Je ne compte plus le nombre des censures médiatiques que j'ai subies ou celui des

« saucissonnages » de mes interviews. J'étais remplacé à la dernière minute dans un débat ou coupé au montage quand mes propos étaient jugés trop subversifs.

Le plus bel exemple d'imposture journalistique reste cependant celui que j'ai vécu à la suite de cette journée du 17 juin 2006. Je laisse le lecteur en juger. Environ une semaine après le congrès de Martigues, une équipe de France 2 fit le voyage Paris-Toulouse pour m'interviewer sur les lieux de mon travail. Je reçus dans mon bureau avec le plus grand des plaisirs une jeune journaliste, Julia Dessage. Elle était accompagnée par un preneur de son (le détail à son importance) et un cameraman. Après quelques échanges de politesses et d'indispensables réglages techniques, nous débutâmes le tournage. Trop habitué aux coupures « aléatoires » des montages, je fus volontairement bref et synthétique pour que l'information qui réfutait la théorie hallucinatoire des EMI puisse être diffusée. À la fin de mon intervention, Julia Dessage paraissait comblée par ce qu'elle venait d'entendre. Elle me félicita pour la clarté de mes propos et promit de me contacter pour me dire à quel moment mon interview passerait. Une chose était certaine : l'information serait diffusée au cours d'un des prochains 20 heures. La journaliste tint parole en me téléphonant quelques jours plus tard, une dizaine de minutes avant le 20 heures présenté par David Pujadas. Mais au son de sa voix, je compris tout de suite qu'elle n'était pas aussi enthousiaste que lors de notre première rencontre. Dépitée, elle m'annonça qu'à son grand regret mon interview était inexploitable parce qu'il y avait eu une « panne de micro » lors de l'enregistrement... que de mémoire de journaliste, c'était la première fois qu'une pareille panne se produisait... qu'elle n'avait jamais connu ça avant... qu'elle était profondément désolée et terriblement déçue, mais qu'elle avait été dans l'obligation de faire appel à un autre médecin qui parlerait à ma place. Et moi, naïf, de répondre pour tenter de la consoler : « Ce n'est pas grave si je ne passe pas à l'antenne, je n'en fais pas un problème d'ego. L'essentiel est de pouvoir communiquer l'information de Martigues. » Je sentis la gêne grandissante de Julia Dessage et j'en compris la raison en écoutant quelques minutes plus tard sa fameuse interview de substitution. En réalité, le médecin qui m'avait remplacé au pied levé – qui, soit dit en passant, n'était même pas présent à Martigues – travaillait au CNRS et semblait avoir une connaissance minimale du phénomène NDE. Il raconta trois banalités sur la question qui n'avaient absolument rien à voir avec le consensus de Martigues et son intervention ne dura pas plus de dix secondes. Vint ensuite l'interview de Philippe Labro[15], journaliste et expérienceur bien connu. Lui non plus n'était pas à Martigues et n'avait donc pas la moindre idée de ce qui s'y était dit... mais ce fut pourtant lui qu'on interrogea, alors que son collègue journaliste Dominique Bromberger[16] qui

15. Auteur notamment de *La traversée*, Gallimard, 1998.
16. Auteur d'*Un aller-retour*, Robert Laffont, 2004.

était intervenu dans ce congrès pour nous faire part de son EMI, ne fut même pas consulté. Le discours de Labro collait parfaitement avec ce que l'on pouvait attendre de lui puisqu'il prétendit ne pas savoir s'il avait vécu un rêve ou une hallucination. J'ai interrogé des centaines d'expérienciers, je n'en ai jamais rencontré un seul qui avait ce genre de doute ! Ils avaient trouvé le seul témoin à tenir ce langage ! Dans ce court reportage censé illustrer cette fameuse journée, on donna des informations aussi poussiéreuses que fausses pour expliquer les EMI ; des notions qui ne dérangeaient personne ! Mais rien, absolument rien sur nos conclusions révolutionnaires ! Le comité de rédaction de la chaîne avait décidé de ne pas diffuser l'inconcevable.

Quelques semaines plus tard, je fus évincé sans ménagement du plateau des invités de l'émission de Jean-Luc Delarue « Ça se discute » consacrée aux comas après avoir eu l'outrecuidance de prévenir que j'allais parler de mes expériences télépathiques avec deux comateux. Je ne vais pas faire la liste de toutes les émissions décommandées à la toute dernière minute. Elles furent légion dans ces années-là. Mes idées sur le fonctionnement de la conscience m'avaient rendu peu fréquentable et le tampon *persona non grata* apparaissait sur mon nom dans tous les listings.

Fort heureusement, aujourd'hui, une autre tendance se dessine. Les médias boudent les matérialistes et s'ouvrent à d'autres possibles. Ils m'invitent volontiers pour parler des expériences de celles et de ceux qui, l'espace d'un instant, ont fait une incursion dans ce que certains appellent l'au-delà. Un vent nouveau souffle sur les chiffres de l'audimat, c'est celui qui porte les pensées humanistes et spirituelles d'un monde naissant alors que les valeurs matérialistes s'effondrent sous nos yeux.

Nous avons besoin de changer nos objectifs de vie. Les expérienceurs nous disent que quand ils étaient dans la lumière d'amour, on ne leur a pas demandé quelle était la superficie de leur maison, le nombre de leurs voitures, le solde de leur compte en banque ou combien d'individus ils avaient dirigés dans leur vie, mais plutôt comment ils avaient aimé et aidé les autres. On n'enseigne pas cela à nos enfants, hélas. La plupart des parents inculquent à leur progéniture que pour réussir sa vie et être heureux, il faut bien travailler à l'école et être le premier partout, avoir une bonne situation et gagner beaucoup d'argent. En pérennisant ces idéaux, nos sociétés dites « modernes » ont fabriqué des générations de frustrés, gesticulants en grimaçant sous les coups répétés des crises économiques.

Il est plus que temps de changer de cap !

Vingt-quatre ans après la chose

LE 28 JANVIER 2007, je fis ma première expérience de transcommunication instrumentale (TCI) et celle-ci me bouleversa. Elle fut précédée par un coup de téléphone du père François Brune que j'avais déjà rencontré à plusieurs reprises lors de conférences faites en commun ainsi que sur des plateaux de télévision pour enregistrer des émissions consacrées au paranormal. Je me souviens parfaitement de notre conversation.

– « Peux-tu rester sur Caen dimanche après notre conférence de samedi ? me demanda-t-il de sa douce voix si caractéristique.

– Malheureusement non, désolé, lui répondis-je. Je dois partir après la conférence car j'ai un rendez-vous important à Paris le dimanche matin.

– C'est dommage, j'aurais vraiment aimé que tu sois là. Avec Yves Lines et Christophe Barbe nous allons faire une séance de TCI chez ma sœur. Nous espérons obtenir un contact avec mon frère décédé comme l'année dernière. L'année dernière c'était vraiment formidable. On a obtenu de magnifiques messages… tu es vraiment certain de ne pas pouvoir venir ?

– Oui, je ne peux pas rester le dimanche matin. Pourtant, j'aurais bien aimé être avec vous. Je viendrai l'année prochaine... On peut remettre ça l'année prochaine, non ?

– Oh, je ne sais pas, je commence à être un peu vieux et fatigué, moi, tu sais, me dit-il avec un petit rire enfantin.

– Désolé, mais je ne peux vraiment pas... »

C'était sans compter sur les événements de la troisième nuit suivant ce coup de fil ! En effet, à deux heures trente du matin, la lumière de ma chambre s'alluma trois fois, je ressentis une pression sur mes pieds et j'entendis dans ma tête une voix qui me dit : « Va à Caen ! » La même sorte de communication télépathique que celles perçues avec mes deux comateux. Mon épouse, réveillée par les trois signaux lumineux, alors que l'interrupteur se trouvait en position éteinte, n'avait perçu aucune manifestation physique : aucune voix télépathique, aucune pression sur ses pieds. Pas d'ambiguïté possible, le message m'était bien destiné et il était très clair : je devais rester à Caen le dimanche matin pour assister à la séance de TCI du père François Brune ! Tant pis pour le billet d'avion perdu, j'en achèterai un autre.

Quelques heures plus tard, je téléphonai au père Brune pour lui raconter mon aventure nocturne et lui annoncer que je serai avec lui le dimanche. Après avoir écouté mon surprenant récit, il me dit en riant : « Tu en as de la chance de recevoir de pareilles invitations de l'au-delà, moi ça ne m'est jamais arrivé ! »

Le lendemain de ma conférence à Caen, nous nous rendîmes avec mon ami Jean-Claude Carton et sa compagne Sarah au domicile de la sœur de François Brune. Jean-Claude est parti pour l'autre monde le 18 mars 2015. Homme de radio et de communication, il animait avec brio des émissions interactives consacrées à la spiritualité et au paranormal. Ses interventions très écoutées pouvaient durer des heures. Il m'avait invité à plusieurs reprises. La première fois, c'était en 2001. Un truc de fou ! Après mon travail, j'avais pris le dernier vol Toulouse-Paris pour être dans son studio à 21 heures. Nous avons ouvert l'antenne à 21 h 45 pour la fermer à 5 heures du matin après avoir effectué plus de sept heures d'émission en direct ! Nous allions aux toilettes pendant les pauses musicales. Pris par notre enthousiasme et celui des auditeurs qui nous appelaient, on ne voyait plus tourner les aiguilles de nos montres ! J'ai pris mon avion de retour à 6 h 15 pour être au bloc opératoire à 8 heures et endormir mon premier patient ! J'avais l'inconscience et l'énergie de la jeunesse. Je pouvais passer une nuit blanche pour parler des NDE en travaillant le lendemain sans manifester le moindre signe de fatigue. Il me serait bien difficile aujourd'hui de rééditer une telle performance.

Mais après cette parenthèse, revenons à cette fameuse journée du 28 janvier 2007. Jean-Claude, ne voulant pas débouler les mains vides chez la sœur de François Brune, décida au tout dernier moment d'apporter une bouteille de champagne. Nous perdîmes pas mal de temps à chercher ce cadeau rangé dans un coin oublié de sa chambre d'hôtel si bien que nous arrivâmes bons derniers. Les participants étaient déjà assis autour d'une table ronde qui occupait l'intégralité de la pièce principale. Le petit appartement de Claire Brune est aussi chaleureux que son occupante. Claire nous accueillit avec un généreux sourire et nous fit asseoir aux côtés des invités que nous saluâmes rapidement car les préparatifs étaient déjà en cours.

Christophe Barbe et Yves Lines, les deux spécialistes en TCI, essayaient de trouver une fréquence correcte sur un poste de radio posé sur une nappe à proximité d'un vieux magnétophone des plus rudimentaires. Tout en rangeant la bouteille offerte par Jean-Claude, Claire nous présenta Henriette et Geneviève, les deux filles du défunt. La petite assemblée alignée autour de la table attendait patiemment que la séance débute, avec à ma gauche : Christophe Barbe, Yves Lines, le médium Henry Vignaud, Claire Brune et son frère François, Henriette, Geneviève, Sarah et Jean-Claude qui refermait le cercle sur ma droite.

Décidé à ne pas perdre une miette des informations de cette expérience, je disposai sur mes genoux mon inséparable cahier à ressort et sortis un stylo de mon sac de voyage. Christophe régla le curseur du poste de radio sur les ondes courtes d'émissions allemandes. Yves demanda à chacun d'entre nous de se recueillir pour prier. La plupart baissèrent la tête en fermant les yeux. Henry Vignaud prit la même posture que celle adoptée lors de notre première rencontre et cacha son visage dans ses mains. Quant à moi, je priai Marie en lui demandant aide et protection. Depuis la guérison de mon épaule, c'est toujours elle que je prie.

Peu à peu, une énergie nouvelle et puissante s'élevait dans la pièce. D'ailleurs, il m'est assez difficile de décrire cette sensation. C'était comme si nous étions portés par une sorte d'immense prière collective qui n'en finissait plus de grandir ; une force indicible qui nous unissait autour d'un lieu unique. Je ressentis le même frisson que j'avais connu à Lourdes au pied de la statue mariale.

Christophe Barbe rompit le silence en posant la première question :

– « Je demande l'autorisation aux guides supérieurs d'établir une communication entre Jean-Pierre Brune et nous. Et je demande aussi à Jean-Pierre Brune s'il veut bien communiquer avec nous. Qu'a-t-il à dire à ses filles Henriette et Geneviève qui sont là pour le rencontrer aujourd'hui ? »

Inquiets et à l'affût, nous attendîmes une trentaine de secondes avant que Christophe réitère sa demande :

– « Jean-Pierre Brune, vos filles sont là, voulez-vous leur parler ?

– Papa, c'est Henriette, papa. Est-ce que tu vas bien ? Est-ce que tu es bien là-haut ? »

La radio crachouillait toujours des sons inaudibles. Puis, en moins d'une minute, on perçut comme une sorte de souffle au milieu de la cacophonie, un chuintement grave durant quelques secondes. Yves et Christophe se regardèrent en souriant, l'air satisfait. C'était le signal attendu. Celui qui signifiait probablement que l'esprit de Jean-Pierre Brune venait de répondre à sa fille.

Ensuite, les questions se succédèrent rapidement avec, dans leurs intervalles, toujours ce même signal tant espéré qui deviendrait par la suite une ou plusieurs phrases complètes en faisant dérouler la bande au ralenti. Mais le plus stupéfiant, le plus époustouflant, le plus miraculeux est que les phrases enregistrées correspondaient parfaitement aux réponses des questions posées par les participants ! Je retranscris ici cet improbable dialogue :

– « Papa, c'est Henriette, papa. Est-ce que tu vas bien ? Est-ce que tu es bien là-haut ?

– Je vous attends.

– Jean-Pierre, pouvez-vous nous parler de votre évolution dans l'au-delà ? Avez-vous l'autorisation de nous le dire ? demanda Yves.

– J'apprends des choses.

– Papa, est-ce que tu as retrouvé maman dans l'au-delà ?

– On est arrivés. On est ensemble cette fois.

– Tu es bien là-haut, papa ?

– C'est à côté.

– Jean-Pierre, quel message pouvez-vous donner à votre frère François et à votre sœur Clairette ?

– T'avais raison, c'est important. »

Le père Brune nous précisa que de son vivant, Jean-Pierre n'admettait pas que son frère attache autant d'importance à l'existence de l'au-delà. Ce dernier message démontrait qu'il avait changé d'avis.

Yves Lines passa sur un autre magnétophone un enregistrement de piano particulièrement apprécié par le défunt et demanda :

– « Jean-Pierre, est-ce que ce morceau de piano vous aide ?

– Merci, merci, c'est beau.

– Jean-Pierre, existe-t-il une évolution dans l'au-delà ?

– Oui, il y a quelqu'un qui m'apprend.

– Jean-Pierre, qu'avez-vous à dire à vos filles ?

– Je les aime. La vie ne compte pas. »

Claire Brune insista. Nous crûmes comprendre que les filles du disparu traversaient une période difficile tant sur le plan professionnel que familial.

– « As-tu un conseil à donner à tes filles concernant leur avenir ?

– Oui, ça s'arrangera.

– As-tu un message particulier pour Henriette ?

– On la soutiendra.

– Jean-Pierre, as-tu un message pour Rosette ? demanda le père Brune qui s'inquiétait pour la santé de sa sœur aînée.

– Oui, elle est très fatiguée. N'attends pas.

– Oui, je vais aller la voir, elle va sans doute partir bientôt, murmura le père Brune.

– Est-ce que le petit verre de whisky vous manque dans l'au-delà ? taquina Christophe Barbe qui connaissait les faiblesses du défunt pour ce breuvage.

– Tu bois toujours ton petit verre de whisky ? renchérit François en souriant.

– Non, la bouteille !

Cette réponse inattendue nous fit beaucoup rire. L'humour existe aussi de l'autre côté du voile.

– Avant de vous quitter, pouvez-vous nous donner un dernier message Jean-Pierre Brune, s'il vous plaît ? termina Christophe Barbe.

– Merci de votre appel.

– On remercie les guides venus pour Jean-Pierre. On les remercie d'avoir permis ce contact. On vous remercie beaucoup, Jean-Pierre, ainsi que tous vos guides. Merci beaucoup à tous », conclut Christophe.

Le père François Brune était très ému. Il nous confia que de toutes les expériences de TCI qu'il connaissait, celle qu'il venait de vivre ce jour-là était l'une des plus fortes et des plus impressionnantes. La clarté de la voix de son frère et la précision de ses phrases rendaient ce contact tout à fait exceptionnel. Cette conversation avec un esprit venu d'un autre monde va certainement paraître totalement surréaliste au lecteur non habitué à ce type de communication. Pour ma part, cette expérience m'a totalement subjugué. La netteté de la voix du défunt, ses propos qui répondaient aux questions posées, la rapidité de ses réponses, son humour... Oui, tout cela avait de quoi bouleverser le scepticisme de n'importe quel scientifique. Comment rester de marbre en participant à une telle expérience ? J'en étais arrivé à admettre l'existence d'une vie après la mort, d'une communication possible des esprits par l'intermédiaire des médiums et il me fallait maintenant, après ce que je venais d'entendre, accepter que les défunts soient en mesure de nous parler sur des bandes sonores ! Je voulais en savoir plus. Je me suis donc intéressé aux travaux scientifiques réalisés et publiés dans le cadre de cette étrange discipline.

Mes recherches m'ont conduit à tirer un certain nombre de conclusions qui valident la TCI comme étant un moyen de communication avec le monde des esprits. J'ai retenu dans toutes les publications sérieuses que j'ai pu examiner, sept bonnes raisons objectives de croire à la TCI. Les enregistrements des voix de disparus ont en effet été étudiés dans divers laboratoires électroacoustiques notamment à Milan et à Bologne. Certaines expérimentations rigoureuses ont également été menées simultanément avec des médiums pour valider les messages reçus en TCI. Je ne vais pas détailler ici les différentes modalités de leurs réalisations, ce serait long et fastidieux.

Ces sept bonnes raisons de croire à la TCI sont en quelque sorte un résumé condensé des arguments[17] plaidant en sa faveur.

---

17. Baruss I., *Failure to replicate EVP phenomenon*, Journal of Scientific Exploration, 2001 ; 15 (3) : 355-356.
www.transcommunication.eu ; www.infinitude.asso.fr ; www.hansottokoenig.de

Première raison : les voix humaines oscillent entre 80 hertz pour les plus graves et 400 hertz pour les plus aiguës, alors que les voix enregistrées en TCI dépassent 1 400 hertz, c'est-à-dire des fréquences vibratoires impossibles à atteindre avec des cordes vocales. Ceci dédouane donc toute tentative de supercherie par un complice pourvu de cordes vocales.

Deuxième raison : la similitude des caractéristiques vocales (mises à part leurs fréquences) des voix enregistrées d'une même personne vivante et en TCI (donc décédée) dépasse 90 %. L'identité du défunt est donc vérifiée selon les critères retenus dans les enquêtes policières.

Troisième raison : des messages différents et parfois complémentaires de la même entité sont entendus en faisant dérouler la bande sonore à l'envers : ces enregistrements sont appelés « voix réverses ». Lorsqu'on demande au Dr Augusto Beresawkas de l'université de São Paulo comment, techniquement parlant, pourrait se produire une voix réverse, il répond : « La principale explication pour la manifestation de voix réverses est d'admettre qu'il existe une fluctuation temporelle entre notre réalité et les autres[18]... »

---

18. Certains chercheurs s'accordent pour reconnaître que l'écoulement linéaire du temps (passé-présent-futur) ne correspond qu'à notre dimension terrestre. Selon ce principe, on peut facilement concevoir que les enregistrements de voix venant de l'au-delà, et donc d'une dimension différente de la nôtre, puissent se situer indépendamment de notre réalité temporelle. Argument supplémentaire d'une provenance « extraterrestre » des messages enregistrés en TCI.

Quatrième raison : les messages reçus en TCI peuvent se déplacer sur la même bande-son. Ce phénomène est, selon les chercheurs, relativement fréquent. Nous avons pu l'observer dans notre expérience de Caen. La phrase « Oui, ça s'arrangera » s'est déplacée de plusieurs centimètres sur la bande et a été entendue à deux repères différents lors de deux écoutes successives.

Cinquième raison : plusieurs messages coexistent parfois et sont audibles en faisant dérouler la bande à des vitesses différentes. Quatre messages entendus lors d'une expérimentation à Bologne.

Sixième raison : les expériences de TCI sont reproductibles et répétitives ; argument de poids pour une validation scientifique.

Septième raison : des messages ont été reçus simultanément en TCI et en écriture automatique par des médiums situés à distance du lieu de l'expérimentation TCI. Cette synergie est explicable si on admet que le défunt soit en mesure de communiquer un même message sur deux plans vibratoires différents en utilisant l'écriture d'un médium comme canal d'une part et une émission radiophonique comme support d'autre part.

On pourrait comparer « la chose » que j'ai vécue 24 ans avant cette expérience de Caen, au petit bout de laine qui sort d'une immense pelote. Quand on est curieux, on ne peut s'empêcher de tirer dessus. Et on reste fasciné de voir à quel point il est facile de dérouler tout le paquet de laine ! Il suffit simplement d'avoir l'envie et la motivation de le faire. Si je n'avais pas connu la chose, je n'aurais jamais envisagé une seule seconde de me lancer dans toutes ces investigations. Elles sont pourtant à la portée de tous. Il suffit de décider de s'y intéresser. J'en étais arrivé à comprendre que la vie après la mort était une forme de conscience « extraneuronale » – c'est-à-dire indépendante du cerveau –, et que celle-ci pouvait se résumer à une somme d'informations nécessitant un support matériel pour être perceptibles au plan terrestre. Ce support étant soit le récepteur cérébral ou musculaire d'un médium, soit le récepteur vibratoire d'un appareil électronique ou phonique. Quand j'évoque le récepteur musculaire d'un médium, je veux parler de l'écriture automatique ; dans ce cas c'est la main du médium qui écrit toute seule sans qu'il en prenne conscience. À la différence de l'écriture inspirée où l'information passe par l'intermédiaire de son cerveau.

En 2007, j'étais déjà devenu pour beaucoup « le spécialiste français des NDE ». Les nombreuses conférences que je faisais en France et hors de nos frontières, les relais médiatiques de mes articles dans des magazines grand public ou de mes livres m'avaient valu cette réputation. Je ne fus donc pas très surpris qu'un étudiant en médecine parisien me demande de diriger sa thèse de doctorat consacrée à ce sujet. J'étais ravi de cette sollicitation. Je pensais que nous allions enfin pouvoir faire évoluer les choses dans le milieu médical en parlant du consensus de Martigues qui soutenait la théorie non hallucinatoire de l'expérience. Le jeune Quevarec devint docteur en médecine en soutenant sa thèse[19] à l'hôpital Bichat le 6 juillet 2007 mais, contrairement à celle que je devais diriger sept ans plus tard, celle-ci n'apporta pas de grande nouveauté dans la connaissance des NDE. Le carabin était en effet pressé d'obtenir son diplôme pour pouvoir s'installer comme médecin généraliste. Il ne fit par conséquent aucune étude personnelle particulière susceptible de retarder son projet. Son travail fut cependant couronné de succès, mais il ne reçut aucune mention puisque celui-ci se résumait à une simple recherche bibliographique améliorée ; une sorte de compilation de ce qui avait déjà été publié dans le monde sur la question. Dans ces conditions, il était impossible d'argumenter la fameuse hypothèse de « conscience extraneuronale » qui m'était si chère. Je fus bien sûr déçu de son choix qui était néanmoins tout à fait compréhensible. En effet, quand on arrive à la fin de nos longues études, il nous tarde de travailler pour faire bouillir la marmite, surtout quand on est un jeune père de famille. Parallèlement à ce travail, j'entamais l'écriture du livre, *Les preuves scientifiques d'une vie après la vie*[20], qui serait publié un an plus tard. Ce titre dépourvu de point

---

19. Quevarec E., Charbonier J.-J. *Données médicales sur les NDE (Near Death Experiences) et apport à la description des derniers instants de la vie*, thèse de doctorat en médecine, hôpital Bichat, Paris, 2007.
20. Exergue, 2008.

d'interrogation me faisait définitivement basculer dans le camp des écrivains engagés sur l'existence d'une vie après la mort : les « survivalistes » comme disent certains d'un ton moqueur. Dès cette époque, je considérais assurément que nous avions suffisamment d'éléments concrets, rationnels et objectifs, pour assumer un tel ouvrage. Comme on peut s'en douter, ce livre me valut bien des moqueries et pas mal d'inimitiés.

Il en est toujours ainsi quand on cherche à faire bouger les lignes.

Vingt-cinq ans après la chose

LES SYNCHRONICITÉS SONT, selon le psychiatre suisse Carl Gustav Jung, des coïncidences « qui tombent vraiment bien ». Notre conscience intuitive permet de relier ces événements que l'on pourrait croire hasardeux à une logique qui leur donne un sens particulier. L'au-delà nous envoie régulièrement des messages de cette façon pour guider nos vies et nos actions, j'en suis intimement convaincu.

Au printemps 2008, une succession de synchronicités me conduisit à participer à un documentaire sur la mort diffusé sur France 2. Tout commença par un simple coup de téléphone.

– « Bonjour, je suis Mireille Darc. Je prépare un documentaire sur la mort et j'aimerais venir vous interroger dans votre hôpital au sujet des recherches que vous menez sur les NDE.

– Ah bon ? Mireille Darc… Mireille Darc, vous êtes l'homonyme de l'actrice de cinéma ?

– Mais non, c'est moi, je suis l'actrice. Je fais aussi des documentaires que je tourne pour des émissions de télévision… »

Sur le coup, je fus un peu honteux d'ignorer que l'héroïne des *Seins de glace* et du *Grand blond avec une chaussure noire* était aussi une journaliste d'investigation. Une image s'imposa à moi : celle d'une belle blonde longiligne revêtue de la fameuse robe noire exhibant la naissance de ses fesses qui me tendait un micro pour m'interviewer au beau milieu du bloc opératoire où je travaillais. Au fil de notre discussion, j'appris les incroyables synchronicités qui l'avaient menée vers moi.

La star se promenait tranquillement dans Paris lorsqu'un individu marchant sur le trottoir d'en face, traversa la rue pour l'aborder sans détour avec son portable à la main. L'égérie d'Alain Delon aurait vite passé son chemin si elle n'avait pas reconnu la personne médiatisée qui souhaitait l'aborder. L'homme célèbre lui raconta d'un air gêné que l'époustouflante coïncidence qu'il était en train de vivre l'obligeait à l'interpeller de cette façon. Il expliqua qu'au moment même où ils se croisaient, il était en ligne avec une médium et que celle-ci lui annonçait qu'il fallait qu'elle rencontre Mireille Darc, car elle avait d'importantes révélations personnelles à lui faire ! Comment ne pas accepter cette proposition dans de telles circonstances ? C'est donc par cet heureux « hasard » que Mireille entra en contact avec l'esprit de son père biologique décédé. La médium lui donna tous les détails lui apprenant qu'elle était le fruit d'un amour adultérin et que l'homme qui l'avait éduquée pendant toute son enfance n'était pas son géniteur. En réalité, mis à part les circonstances de cette découverte, elle ne fut pas surprise ; depuis toujours, sans en connaître la raison, elle pressentait que la brute qui l'avait élevée ne pouvait pas être son « vrai papa ». Son véritable père était un marin qui avait séduit sa mère. Les deux amants se retrouvaient régulièrement dans une chambre d'hôtel située à quelques kilomètres de la maison familiale. La médium fut même en mesure de préciser l'adresse du lieu de rendez-vous où la petite Mireille fut conçue !

Bouleversée par toutes ces informations venant de l'au-delà, Mireille Darc publiera un livre[21] qui révèle une vérité qui lui avait été cachée pendant trop longtemps. La découverte du monde spirituel et d'un dialogue possible avec l'invisible lui donna l'envie de réaliser un film documentaire portant sur ces sujets. Cette idée lui trottait dans la tête depuis pas mal de temps au moment où elle saisit un magazine posé sur la table de salon d'une amie à qui elle rendait visite. Et en le feuilletant « au hasard », elle tombe... sur l'interview d'un anesthésiste pour qui l'après-vie et la médiumnité sont des évidences tout à fait naturelles ! Dès lors, elle se fixe un objectif : contacter au plus tôt ce médecin qui par ses assertions, valide son expérience. Le reportage fut réussi mais, à mon humble avis, pas suffisamment développé sur l'hypothèse de la survivance de l'esprit. Je suis le seul intervenant du film qui ose en parler et mes propos sur les contacts avec les défunts furent coupés au montage.

21. *Mon père*, XO, 2008.

Oui, même les plus grandes stars qui n'ont plus rien à craindre ni plus rien à prouver, ont peur au moment d'évoquer l'inconcevable ! Cette peur d'avouer l'intérêt que l'on porte à l'au-delà et au monde des esprits se retrouve chez beaucoup de « people » qui n'osent avouer ce que certains pourraient prendre pour une faiblesse du raisonnement, une extrême naïveté ou, bien pire encore, pour un grave dysfonctionnement mental. Et pourtant, combien croient dur comme fer aux réalités de l'invisible ; aux « forces de l'esprit » comme disait François Mitterrand quelques semaines avant sa mort ? Combien consultent régulièrement en cachette des médiums ou des voyantes ? J'ai été invité en toute discrétion à présenter mon travail de recherche sur la survivance à pas mal de célébrités issues de la sphère politique ou du show-biz. Un médecin anesthésiste réanimateur en exercice qui soutient avoir des preuves tangibles d'une vie après la mort intrigue les plus grands de ce monde. Une chose est sûre : elles n'apprécieraient guère que je les cite dans cet ouvrage. Je tiens mes engagements ; même sous la contrainte, je ne dévoilerai pas leur identité. Je peux tout de même préciser qu'on me proposa une grosse somme d'argent pour faire une conférence privée devant 12 personnes. Même à mes débuts, je rassemblais plus de participants ! Paradoxalement, j'ai beaucoup plus le trac lorsque je m'adresse à un auditoire restreint qu'à des milliers de congressistes lors de gros colloques scientifiques. Je trouve cela beaucoup plus intimidant. Une star de cinéma très connue me fit dire par son agent qu'elle désirait déjeuner avec moi en toute simplicité. Le repas en question fut servi au salon Pompadour de l'hôtel Meurice à Paris. Une petite table isolée au beau milieu d'une salle luxueuse de 100 m^2. Ça manquait de simplicité ! J'ai aussi eu des rendez-vous dans des lieux publics très fréquentés, mais, dans ces cas-là, les personnalités ne voulant pas être reconnues apparaissaient dans des déguisements improbables. J'ai bien aimé la petite bohémienne outrageusement maquillée qui se reconnaîtra en lisant ce livre... Je suis sûr qu'elle le lira, elle ne rate aucun de mes opus ! Je lui fais une grosse bise. Toutes ces rencontres sont pour moi d'excellents souvenirs car ces « people » qui s'intéressent à ces sujets qui me passionnent sont des êtres sensibles, intelligents et remplis d'amour. Ils semblent très entourés, mais sont terriblement seuls. Le succès les isole. Celles et ceux qui désirent me rencontrer ont compris l'essentiel : le bonheur ne peut se trouver dans la représentation sociale ou la possession matérielle dont ils sont rassasiés pour ne pas dire gavés jusqu'à saturation. Le bonheur, c'est donner de l'amour aux autres, c'est savoir aimer les autres tout en apprenant à s'aimer soi-même. Et ils sont trop heureux de découvrir qu'un scientifique est parvenu à ces conclusions en étudiant aussi longuement les NDE.

Mais revenons aux synchronicités. Comme nous l'avons vu, elles sont l'un des moyens employés par les esprits pour entrer en communication avec les habitants de cette planète. Dans le cas présent, il a fallu que la médium téléphone à une personne célèbre et facilement identifiable pour lui annoncer qu'elle devait rencontrer Mireille Darc à la seconde précise où ils se croisaient dans la rue, alors qu'ils ne s'étaient jamais rencontrés auparavant. J'imagine que si on s'amuse à calculer la probabilité qu'un tel événement se produise, elle doit être extrêmement faible. Si on admet que c'est l'esprit du père biologique de Mireille Darc qui a organisé cette rencontre en synchronisant le coup de fil au croisement des deux personnalités, tout devient plus logique. Bien que personne ne soit en capacité de dire comment cela se passe ! Peut-être en retardant de quelques secondes la marche de l'un ou en modifiant l'itinéraire de l'autre ? Qui sait ? Peu importe, le résultat est là ! La plupart des gens ignorent, ou plutôt veulent ignorer, les synchronicités et les signes de l'au-delà. Ils préfèrent parler « d'heureuse coïncidence » ou de « hasard qui fait bien les choses » selon les formules consacrées.

À la fin d'une de mes conférences, une jeune femme m'interpella lors de ma séance de dédicaces en me tendant son livre.

– « Vous pouvez mettre "à Mickey" s'il vous plaît, docteur ?

– Mickey ?

– Oui, mon mari décédé s'appelait Michel, mais tout le monde l'appelait Mickey. Je voudrais que vous dédicaciez le livre à son nom.

– Il y a longtemps qu'il est parti ?

– Non, deux ans à peine. Vous avez parlé des signes dans votre conférence, mais moi je n'en ai jamais eus. Pas un seul. Je ne sais pas pourquoi. Vous pouvez m'expliquer pourquoi je n'ai jamais rien ? Pourtant, je prie tous les soirs et je n'ai jamais rien. Rien ! Pourquoi ?... Combien pour le livre ?

– 18 euros. Mais ce n'est pas à moi que vous devez faire le chèque, c'est au libraire. Vous deviez régler votre livre là-bas avant de venir ici pour la dédicace.

– D'accord, mais je n'ai pas de stylo. »

Une dame qui faisait la queue derrière elle lui en tendit un. À l'extrémité du stylo, il y avait une magnifique tête sculptée... la tête de Mickey ! Je lui en fis aussitôt la remarque et elle me répondit d'un air blasé :

– « Oh mais ça ce n'est rien, ce n'est pas un signe ça ! C'est une simple coïncidence, c'est tout ! »

Je ne pus m'empêcher de rire. Dans ces conditions, il n'y avait rien d'étonnant qu'elle pensât ne jamais avoir eu le moindre signe de son époux décédé. Je ne sais pas dans quel « état d'esprit » doivent se trouver les entités de l'autre monde, mais avec tout le mal qu'elles doivent se donner pour communiquer avec nous, elles ont de quoi s'agacer quand nous refusons d'accepter l'évidence de leurs messages. Espérons qu'elles aient suffisamment d'humour pour vivre ces situations. Il y a fort à parier que oui, ne dit-on pas de quelqu'un qui a beaucoup d'humour qu'il est très spirituel ?

Les médiums que je connais donnent souvent des messages qui montrent que de l'autre côté « ça rigole pas mal » comme dit Henry Vignaud. Dégagées des contingences de notre monde, les entités adorent plaisanter. La réponse du frère décédé du père François Brune reçue en TCI n'est qu'un exemple parmi d'autres. En effet, dire que l'on vide une bouteille entière quand on demande si on boit toujours son petit verre de whisky dans l'au-delà dénote une « tournure d'esprit » bien particulière.

Je ne sais pas qui est le grand organisateur des événements de nos vies, mais il faut bien reconnaître que nous traversons tous et toutes des périodes cocasses qui semblent parfois être orchestrées par un humoriste de génie. Par exemple, en 2008, je fis une « émission de chiottes ». Oui, vous avez bien lu : une « émission de chiottes ». Et c'est un ensemble de synchronicités qui me conduit à qualifier ainsi cette fameuse émission. Je vous laisse juger l'ironie de la situation dans laquelle je me suis trouvé ce jour-là.

Depuis environ un an, j'intervenais régulièrement en direct sur l'antenne de Sud Radio dans la quotidienne d'Éric Mazet pour donner des informations sur diverses actualités médicales. En échange du service rendu, le journaliste faisait régulièrement la promo de mes livres et de mes conférences sur les ondes. En moins de cinq minutes, je devais donner l'éclairage du « Toub ». Ce surnom dont m'avait affublé l'animateur de « la radio la plus écoutée du grand Sud » reste aujourd'hui encore, pour certains auditeurs de l'époque, le sobriquet qui me caractérise le mieux. Mon intervention sur les ondes débutait toujours de la même façon. Éric Mazet, après avoir présenté le sujet médical, lançait son gimmick : « Ben, nous on sait pas, on n'est pas médecins, alors tenez, allons voir ce qu'en pense le Toub ! Allo le Toub ?... Bonjour docteur Charbonier »...

La plupart du temps, j'étais sollicité à la dernière minute et, quand mes obligations professionnelles ou privées m'y autorisaient, j'acceptais volontiers de répondre. Ce fut le cas en cette belle soirée de juin.

Lorsque mon portable sonna, mon épouse et moi étions au restaurant. Carole, l'assistante d'Éric Mazet, me demanda s'il m'était possible de passer à l'antenne une heure plus tard pour donner quelques détails pratiques sur une épidémie de gastro-entérite qui sévissait depuis quelques jours sur la région toulousaine. *A priori*, cela ne devait me poser aucun problème car j'interviendrai par téléphone et ce délai nous laissait largement le temps de terminer notre repas. J'acceptai donc de bonne grâce ce nouveau rendez-vous. C'était sans compter que dans la vie, tout ne se passe pas nécessairement comme prévu, les desserts et les cafés tardèrent à arriver et nous attendions encore notre addition lorsque Carole me rappela :

« Tu restes en ligne, s'il te plaît. Tu passes juste après le flash infos. Il y a beaucoup de bruit là... Tu ne peux pas changer d'endroit ? »

Effectivement, la salle était bondée et je m'imaginais mal dissertant sur la gastro-entérite à côté de mes voisins de table qui n'avaient pas encore débuté leur digestion. Je me précipitais à l'extérieur. C'était pire ! Le trottoir était envahi par une bande d'étudiants qui, fêtant je ne sais quel résultat d'examen, brandissaient en hurlant leurs canettes de bière. Dans mon oreille droite, le journaliste de Sud Radio égrenait calmement les nouvelles du jour. Je rentrai de nouveau et demandai à un serveur un endroit calme ; non, il n'en connaissait aucun, ni ici ni à proximité. Les infos s'achevaient, encore 30 secondes de pub et je serai à l'antenne. Où se réfugier ? Où ? Un endroit calme et fermé… Les toilettes, me souffla ma femme devant mon air dépité. Bien sûr, elle avait raison, pourquoi n'y avais-je pas pensé plus tôt ?

« On sait pas trop quoi penser de cette épidémie de gastro qui attaque notre région, on n'est pas médecins, alors tenez, allons voir ce qu'en pense le Toub ! Allo le Toub ?… Bonsoir docteur Charbonier.

– Bonsoir, Éric !

– Ouh là là ! ça résonne beaucoup, le Toub est dans une grotte ou une cathédrale ce soir, ou quoi ? Ha ha ha !

– Non non…

– Bon, très bien, que peut-on dire de cette épidémie de gastro qui sévit autour de nous ? Est-ce grave ou préoccupant ? Y a-t-il des risques, des précautions à prendre ? Sommes-nous en danger ? Cela va-t-il durer longtemps ? On t'écoute, Toub ! »

Au bout de quelques minutes d'explications médicales sur les mécanismes, la prévention et le traitement des diarrhées, un long bruit évocateur se fit entendre dans les toilettes des femmes. Une mince cloison me séparait de ma voisine qui, de toute évidence, était atteinte de la fameuse maladie contagieuse ! La déflagration fut terrible et sans équivoque. Mais le plus gênant pour moi était de penser que les auditeurs de Sud Radio aient émis l'hypothèse que mon tube digestif soit à l'origine de ce vacarme exonératoire qui se termina dans un ruissellement de chasse d'eau. Mazet fit malgré tout bonne figure. Impossible pour lui de faire comme si rien ne fut audible.

« Je vois que le Toub n'est ni dans une grotte ni dans une cathédrale ! Ha ha ha ! Notre Toub serait-il lui aussi contaminé ? Ha ha ha ! »

Une voix furieuse répondit à ma place : celle d'un homme pressé qui tambourinait à ma porte et qui était loin de se douter qu'il serait entendu par des centaines de milliers de personnes :

– « Bon, ça y est, oui ou merde ! C'est pas un endroit pour téléphoner pendant trois plombes ! J'peux pas attendre plus ! Dépêchez-vous, faut que j'aille aux chiottes moi !

– Ah ah ah ! Oui bon... merci le Toub, à bientôt », fit encore Mazet tout aussi pressé que moi d'en finir.

Oui, ce fut vraiment une émission « de chiottes ». En tous cas, une belle occasion pour moi de faire désenfler mon ego de chroniqueur médical. L'autodérision est le meilleur des remèdes. Merci l'au-delà !

Vingt-six ans après la chose

C'EST EN 2009 que la vente de mes livres décolla, soit huit ans après l'écriture de mon premier ouvrage. Et ce ne fut ni un média scientifique ou littéraire qui me permit cette performance, mais une émission grand public réputée pour sa joie de vivre et sa bonne humeur un tantinet grivoise ; un bon moment de détente diffusé sur « la plus grande radio de France ». Parler de mon dernier ouvrage du moment, *Les preuves scientifiques d'une vie après la vie*[22], en étant l'invité d'honneur de Philippe Bouvard dans son émission « Les Grosses Têtes » diffusée sur RTL, a fait connaître mon travail à plusieurs millions d'auditeurs en moins de deux petites heures. Les résultats d'audience ne se firent pas attendre et mon éditeur dut très rapidement s'adapter aux demandes des libraires. L'attachée de presse de Philippe Bouvard m'avait prévenu avant l'enregistrement : « Si vous êtes invité d'honneur, cela veut dire que votre livre a été très apprécié. Personne ne va se moquer de vous. Par contre, le ton de l'émission est léger et on vous demandera de raconter des anecdotes drôles ou originales de votre vie d'anesthésiste. J'imagine que vous devez en avoir, non ? » En fait, je n'avais jamais

22. Exergue, 2008.

réfléchi à ce côté-là de mon exercice professionnel, mais quelques heures d'investigation me suffirent pour me rendre compte que je n'avais que l'embarras du choix. Je dus aussi me soumettre à l'exercice traditionnel des « trois coups », à savoir : pousser un coup de gueule, donner un coup de fil et raconter un coup de honte. Pour le coup de gueule, ce fut chose facile. J'avais très envie de défendre les médiums, ou plutôt certains médiums honnêtes qui ont, de mon point de vue, un rôle social indéniable à jouer dans la thérapeutique du deuil. En effet, on peut croire ou ne pas croire aux facultés de ces personnes qui entrent en contact avec les morts, mais, en tant que médecin, on ne peut nier le soulagement éprouvé par les familles des défunts lorsqu'elles reçoivent par leur intermédiaire un signe de reconnaissance de l'être aimé, passé de l'autre côté du voile. Or, en France, les médias et l'opinion publique ont tendance à assimiler la médiumnité à une vaste escroquerie. Bien sûr, il y a beaucoup de charlatans et d'exploitation lucrative de la naïveté humaine par cette corporation. Bien sûr. Mais il y a aussi en son sein des gens formidables et désintéressés qui permettent à des parents de retrouver un équilibre mental ou d'abandonner leurs idées suicidaires après la perte d'un enfant sans avoir nécessairement besoin d'ingérer de grosses quantités de médicaments ou d'être hospitalisés dans des services psychiatriques. Un fait est certain, dans notre beau pays, nous avons deux records : celui de l'étroitesse d'esprit pour aborder les thèmes du paranormal et celui de la consommation de psychotropes. On peut parfois se demander si ces deux « performances » ne sont pas liées !

En ce qui concerne le coup de fil à adresser à un « people » de mon choix, je devais me heurter à deux refus polis en préparant l'émission. Mireille Darc serait dans un train à l'heure de l'enregistrement. Quant à Dominique Bromberger, qui avait déjà participé avec moi à différentes émissions de radio ou de télévision sur les états comateux, il explosa sans aucune retenue lorsque je lui fis cette proposition : « Mais vous êtes fou d'aller chez Bouvard ! Vous allez vous faire laminer, là-bas ! Hors de question que je participe de près ou de loin à ce massacre ! Croyez-moi, n'y allez surtout pas : ils vont tout tourner à la dérision ! » La réaction du célèbre animateur de France Inter, ancien présentateur du journal télévisé de 20 heures, était bien compréhensible compte tenu du mauvais moment qu'il avait passé dans une émission de Marc-Olivier Fogiel en racontant son expérience de coma vécue à la suite d'un accident de scooter. Fogiel et Guy Carlier s'en étaient donné à cœur joie pour ridiculiser son témoignage qui était pourtant émouvant de sincérité. En ce qui me concerne, je n'ai jamais eu à me plaindre de telles moqueries ; que ce soit sur les plateaux de Delarue, de Dechavanne ou même de Cauet, les animateurs ou le public ont toujours écouté ce que j'avais à dire avec beaucoup d'attention et de respect. Sans nul doute, mon statut de médecin anesthésiste réanimateur en exercice doit considérablement renforcer la crédibilité de mes propos, en particulier lorsque je m'exprime sur l'existence, selon moi scientifiquement prouvée, d'une vie après la mort !

J'avais appris par une amie que la chanteuse Nicoletta avait vécu une NDE dans son enfance à la suite d'une tentative de suicide. Mais, à l'inverse des deux célébrités précédentes, je ne l'avais jamais rencontrée. Elle me reçut très gentiment au téléphone car, intéressée par le sujet des NDE, elle connaissait déjà mon travail de chercheur dans ce domaine. Elle accepta de livrer l'exclusivité de son témoignage aux « Grosses Têtes ». Qu'elle en soit ici une nouvelle fois remerciée, car je sais par expérience qu'il est loin d'être facile de faire ce type de confidences en public !

Le coup de honte fut l'histoire de « l'émission de chiottes ». Mes interlocuteurs étant très portés sur les détails scatologiques, ce récit les fit hurler de rire. Nous fîmes un gros score sur l'audimat de RTL et, chose, paraît-il, exceptionnelle de l'aveu de Bouvard lui-même, j'obtins en récompense, dès l'année suivante, le titre d'invité d'honneur de la même émission pour présenter mon nouveau livre, *Histoires incroyables d'un anesthésiste réanimateur*[23]. Cet ouvrage étant précisément une compilation de toutes les anecdotes drôles et originales de ma vie de « narcotiseur ». On peut dire que c'est Philippe Bouvard qui m'incita à l'écrire car, « la chose » mise à part, sans son intervention, je ne me serais jamais lancé dans ce genre de travail. Un

23. Le Cherche Midi, 2010.

pour expliquer les NDE où l'inspiration artistique revient à renier une bonne partie de ce que l'on apprend sur les bancs de la faculté de médecine. Les réactions d'hostilité à cette théorie subversive étaient donc prévisibles. Le Conseil de l'Ordre des médecins sanctionne sévèrement les confrères qui donnent des informations contraires aux données de la science ; cela peut aller du simple avertissement à une période plus ou moins longue d'interdiction d'exercice de la médecine, voire jusqu'à la redoutable radiation définitive. C'est assez terrible, car quand une sanction ordinale comme celle-ci vous tombe dessus, vous êtes obligé de la subir sans rien dire. Vous ne pouvez même pas prendre un avocat pour vous défendre. Vous subissez en serrant vos poings dans les poches et en priant pour garder votre calme. Je ne fus donc pas étonné outre mesure de recevoir un courrier du Conseil de l'Ordre m'informant qu'un certain Georges Fenech, président de la Mission interministérielle de lutte contre les sectes dénommée la Miviludes[25], avait porté plainte contre moi pour « propos publics charlatanesques ». À vrai dire, je m'y attendais un peu. Quand on jette un pavé dans la mare – et le mien était particulièrement gros –, il est normal de recevoir un minimum d'éclaboussures. Je n'avais jamais rencontré ce monsieur, mais je l'imaginais me tendant un piège. Je fus reçu très cordialement.

25. Mission interministérielle de vigilance et de lutte contre les dérives sectaires.

Entouré de trois autres personnes de la mission, le « renard » avait perdu son agressivité épistolaire. L'antenne toulousaine de la Miviludes n'a pas pour habitude de recevoir les personnes qui sont l'objet de ses plaintes. On me fit bien remarquer que ma démarche était d'autant plus appréciée qu'elle était exceptionnelle. Nous discutâmes très librement une bonne heure du contenu de mes conférences, de mes recherches et de mes ouvrages. Ils durent se rendre à l'évidence : je n'étais ni un chef de secte ni un charlatan ni un illuminé ni un prédicateur, mais un simple chercheur qui proposait d'autres pistes d'investigation pour expliquer le fonctionnement de la conscience. Ils pouvaient être rassurés. Je pris congé après leur avoir serré la main et offert un de mes livres dédicacés. Fin de l'histoire.

Je n'ai plus jamais été inquiété par la Miviludes ni par d'autres organisations antisectes et l'abandon de sa plainte rassura mes pairs.

Toujours dans le même registre d'intolérance nationale, une autre anecdote mérite d'être mentionnée. Enthousiasmée par la lecture des *Preuves scientifiques d'une vie après la vie*, une journaliste du *Figaro* vint m'interviewer à Toulouse. Elle désirait éditer une page entière sur ce sujet dans le quotidien dans la rubrique « Portrait ». Son article ne verra jamais le jour ! De son propre aveu, c'était la première fois que son journal lui refusait un papier ! En ce qui me concerne, échaudé à de nombreuses reprises par des censures de toute dernière minute, je lui avais fait part de mes craintes en la ramenant à l'aéroport. Sûre d'elle, la chroniqueuse chevronnée m'avait répondu : « Ne vous inquiétez pas docteur, je ne me suis jamais déplacée pour rien et si j'ai passé toute une journée avec vous, ce n'est pas pour rendre une copie blanche ! Vous pouvez d'ores et déjà considérer que votre article est bouclé ! » En l'occurrence, la boucle doit être celle du lien qui ferme la boîte contenant son travail !

S'il existe outre-Atlantique un enseignement de la médecine spirituelle dans de nombreuses universités, dans notre beau pays qui se veut le lieu privilégié de la liberté d'expression, nous avons encore une très longue route à faire avant d'en arriver à ce stade d'évolution. Par exemple, le colloque toulousain d'octobre 2009 intitulé Congrès francophone de médecine et de spiritualité, qui devait se tenir à l'université Paul Sabatier et qui regroupait des intervenants, tous des scientifiques de renommée internationale (États-Unis, Canada, Belgique, Suisse, Brésil) et moi pour la France, a essuyé un refus au tout dernier moment. Les organisateurs qui, après avoir reçu un premier avis favorable, avaient investi pas mal d'argent dans un vaste programme de communication ont été contraints de réorganiser l'événement sur un autre site toulousain. Ici aussi, l'argumentation écrite du président de l'université Paul Sabatier a de quoi laisser dubitatif : « Une université d'institut laïque ne doit pas montrer la spiritualité à ses élèves. Au vu des thématiques et du programme de cette rencontre, il ne m'est donc pas possible de vous accueillir au sein de l'université dans la mesure où le caractère du congrès n'est pas avéré. » Pas avérée la spiritualité ? Ah bon… Ce président devait sûrement ignorer les travaux de l'université de Princeton aux États-Unis qui démontrent l'efficacité de la guérison spirituelle, ainsi que les deux thèses de doctorat en médecine de l'université de Strasbourg qui traitent admirablement ce sujet, ou encore les recommandations faites en 2007 par l'ONU concernant la préconisation de la spiritualité pour traiter les patients ! En écrivant « Le XXIe siècle sera spirituel ou ne sera pas », André Malraux aurait dû ajouter que la France sera encore, et pour longtemps, le pays le plus spirituellement sous – développé de la planète. En effet, il faut bien en convenir, de la plus petite tribu d'Afrique à la plus grande nation occidentale, il n'existe aucun autre peuple aussi attardé que le nôtre en la matière ! Chez nous, les comportements spiritualistes sont marginalisés, psychiatrisés et violemment combattus. Les armes sont la dérision et la moquerie ou pire l'enfermement, la camisole de force ou la contention chimique. Ainsi, selon les critères de la médecine française, il est sûr qu'aujourd'hui Jésus-Christ, Bouddha ou Rama Krishna seraient hospitalisés sans délai pour traiter leur schizophrénie hallucinatoire à grand coup de neuroleptiques et d'électrochocs, sainte Thérèse d'Avila serait assimilée à une grave hystérique, saint Jean de la Croix à un psychotique obsessionnel et les chamans en transe seraient gavés de barbituriques !

Alors faut-il courber l'échine et s'adapter à cette dérive, ou bien témoigner de ses recherches et de ses expériences sur l'après-vie ? Pour moi la réponse est évidente. Ceux qui me connaissent savent bien que je n'ai pas un tempérament de mouton et ne me laisse pas guider par de mauvais bergers qui nous conduisent tout droit dans une impasse. Même si ces derniers sont majoritaires et que je suis seul, ou presque. J'aurai fait « ma part de colibri » comme le dit Pierre Rabhi. Ce paysan philosophe rapporte souvent ce conte lors de ses conférences. C'est l'histoire d'un petit colibri qui voulait éteindre un énorme incendie qui dévastait sa forêt en apportant dans son bec un peu d'eau puisée dans la rivière voisine. Il faisait sans relâche et sans repos la navette entre l'eau et les flammes. Son action aussi insignifiante que dérisoire interpella un gros oiseau posté sur une branche qui lui demanda : « Mais à quoi ça sert de t'agiter comme ça ? Cela ne sert à rien, tu n'arriveras jamais à bout de cette catastrophe de cette façon ! » Et le petit oiseau lui répondit : « Je sais, mais j'aurai fait ma part ! » Il me plaît d'inventer une suite à ce récit. Elle donne un final plus optimiste : « Troublés et émus par autant d'obstination, deux autres colibris rejoignirent le premier pour l'aider. Arrivèrent ensuite en renfort une dizaine de colibris supplémentaires, puis cent, mille, et dix millions. Ensemble, ils déversent un torrent de pluie sur l'énorme incendie qui finit par s'éteindre. »

« Le monde ne sera pas détruit par ceux qui font le mal, mais par ceux qui les regardent sans rien faire », a écrit fort justement Albert Einstein.

J'ai choisi mon camp.

Vingt-sept ans après la chose

L'année 2010 fut pour moi très chargée en déplacements et conférences. Les sollicitations se multipliaient pour que j'intervienne dans des colloques scientifiques ou dans diverses associations.

J'ai particulièrement apprécié le travail des médecins brésiliens, surtout celui de Marlène Nobre qui, en plus d'être gynécologue et cancérologue, présidait une association de médecins spirites à São Paulo. Cette grande dame est partie pour l'autre monde le 5 janvier 2015. J'ai eu le plaisir de faire plusieurs interventions publiques avec elle et ce fut pour moi de véritables moments de bonheur. Au Brésil, les médiums travaillent avec les médecins hospitaliers pour traiter les patients en orientant les investigations à faire ou en facilitant les diagnostics. Des psychiatres spirites permettent de différencier les médiums maîtrisant mal leurs ressentis, des sujets atteints de véritables maladies mentales. Si on savait s'inspirer de cette façon de travailler, il y aurait sûrement moins de monde enfermé dans nos hôpitaux psychiatriques. En effet, un médium qui se risquerait à confier franchement toutes ses capacités à un psychiatre serait interné sans délai, car la médecine hospitalière française refuse obstinément d'admettre la réalité des contacts avec l'au-delà. Selon ses préceptes, l'au-delà n'existe pas et tous ceux qui prétendent le contraire ont un sérieux problème mental.

La modélisation du fonctionnement de la conscience que je proposais, et que je propose toujours, a le mérite de donner un début d'explication à des phénomènes réputés inexistants ou sans fondement. La communauté scientifique et la majorité des médecins ont en effet tendance à rejeter les NDE, l'intuition, l'inspiration, la prémonition, la vision à distance, la sortie de corps (ou *décorporation*), la télépathie ou la médiumnité, en prétendant que toutes ces perceptions dites extrasensorielles sont soit des hallucinations, soit des affabulations. Il est beaucoup plus simple de botter en touche en faisant ce raccourci plutôt que de tenter de l'intégrer au réel. Tout le monde connaît pourtant la célèbre formule : « Ce n'est pas parce qu'une chose est inexplicable qu'elle n'existe pas. » À mon sens, la véritable démarche scientifique n'est pas d'occulter un fait observable et répété au seul prétexte qu'il ne rentre pas dans les dogmes établis. Elle consiste au contraire à proposer une modélisation différente qui intègre ce fait observable dans la normalité. Même si celle-ci doit bousculer tous les acquis. Cette nouvelle suggestion restera valable jusqu'à ce qu'un autre fait observable vienne la contredire. Et dans ce cas, il faudra proposer une nouvelle manière de raisonner. C'est de cette façon que l'on devrait progresser.

Or, si on considère que notre « esprit » est une source éternelle d'informations et que notre cerveau, agissant comme un filtre réducteur, est un émetteur-récepteur de ces informations, on intègre toutes les perceptions extrasensorielles dans le réel et non dans le paranormal. Ainsi, le paranormal d'aujourd'hui deviendra de toute évidence le normal de demain. L'histoire des sciences nous le démontre. Pour un homme vivant au Moyen Âge, il est sûr que l'utilisation de nos téléphones cellulaires serait aussi paranormale que la TCI à notre époque !

J'ai convenu d'appeler « conscience intuitive extraneuronale » (CIE), la source d'informations éternelle qui caractérise chacun d'entre nous. Dans les NDE, la CIE, détachée de la matière, connaît une véritable expansion en quittant son « filtre » cérébral. La prémonition est une connexion de la CIE aux informations du futur. La « rétrocognition » ou régression, à celles du passé. L'inspiration et l'intuition relient la CIE à une banque de données universelles orientées sur la création et l'action. La vision à distance, comme la sortie de corps, est un déplacement de la CIE dans l'espace. La prière connecte la CIE dans une demande faite à l'univers. Les CIE de deux individus peuvent dans certaines circonstances bien particulières échanger des données télépathiques. On parlera de médiumnité lorsque l'un des deux individus connectés est décédé car, je le répète ici, la CIE – qui est totalement dissociée de la matière – ne meurt jamais. Celle d'un défunt restera donc toujours accessible.

Je le dis sans forfanterie, ma réputation de « scientifique avant-gardiste » m'amenait à commenter des événements rendus incompréhensibles ou du moins inexplicables en se référant aux seuls enseignements dispensés dans nos universités. Je fus ainsi conduit à donner mon avis devant les caméras de TF1 de la spectaculaire guérison de Lori Smith survenue en 2009, de l'autre côté de l'Atlantique.

Les faits se sont déroulés à l'hôpital de Bethesda North de Cincinnati. Contre toute attente, en dépit de toute logique scientifique, et peut-être aussi grâce à l'efficacité d'un groupe de prières animé par l'amour de sa famille, une jeune femme de 38 ans, promise à une mort certaine, est revenue à la vie après plusieurs jours de coma au moment même où il était prévu de la débrancher de son respirateur. En mettant au monde son quatrième enfant, Lori Smith déclencha un processus de coagulation intravasculaire disséminé. Cette pathologie qui survient parfois au cours des accouchements difficiles et particulièrement hémorragiques aboutit à la suite d'un emballement du processus d'hémostase[26] classique à une atteinte gravissime du fonctionnement d'organes aussi importants que le foie, les reins, les poumons ou le cerveau. Dans ce cas de figure, l'atteinte cérébrale bien que rare (environ un cas sur 10 000) est catastrophique car presque toujours mortelle. Je sais par expérience que les comas du post-partum relevant de cette étiologie sont de

26. Phénomène physiologique qui sert à arrêter une hémorragie.

véritables drames, d'autant plus qu'ils surgissent comme un ouragan en plein été, à un moment où l'entourage familial de la future maman s'apprête à accueillir dans la joie une nouvelle vie. Les rares cas que j'ai eus à réanimer n'ont pas survécu. On avait donc de bonnes raisons de penser que cette Américaine ne reviendrait probablement jamais de l'état végétatif dans lequel elle se trouvait au moment de sa guérison miraculeuse.

Quinze minutes après son accouchement, la jeune Lori se plaignit de violents maux de tête. Elle se mit très rapidement à convulser avant de sombrer dans un coma profond et de faire deux arrêts cardiaques récupérés au bout de 49 minutes de réanimation. Constatant une activité cérébrale quasi nulle à l'issue de 13 jours de coma, mes confrères de Cincinnati envisagèrent d'interrompre la réanimation et de stopper le respirateur après en avoir averti la famille comme la loi les y autorise dans cet État de l'Ohio.

Michael, le mari de Lori, se rendit donc une dernière fois auprès de son épouse accompagnée de ses trois enfants âgés de six, huit et douze ans. Le moment était venu de dire adieu à Lori et, un par un, la petite famille vint déposer un ultime baiser sur la joue encore tiède de celle qui allait bientôt partir. Mais lorsque vint le tour de Megan, la cadette, celle-ci prononça une phrase qui bouleversera le cours des événements de façon spectaculaire : « Maman, si tu nous aimes et que tu nous entends, bouge tes yeux ! » C'est à ce moment-là que le miracle se produisit, la maman obéit à sa fille et ouvrit les yeux ! D'abord incrédules, les réanimateurs alertés répétèrent plusieurs fois l'expérience en présence de Megan qui parvint à faire ouvrir les yeux de la patiente qu'ils s'apprêtaient à débrancher. Plus de doute possible, il fallait bien se rendre à l'évidence, Lori Smith que l'on allait descendre à la morgue de l'hôpital était revenue à la vie ! En quelques heures, les progrès furent fulgurants. Après trois jours seulement, la rescapée fut totalement réveillée et commença à prononcer quelques mots. Cinquante-six jours après son coma, et à la suite d'une période de rééducation à la marche et aux gestes simples de la vie, Lori Smith rentra chez elle auprès de ses quatre enfants et de son mari. Aujourd'hui, elle répond aux journalistes qui l'interrogent sur cet incompréhensible et inconcevable retour à la vie : « Il ne s'agit pas de moi, c'est la volonté de Dieu. Je ne suis ici que grâce à l'aide de ma famille et aux prières que j'ai reçues. » Quant à Michael, il ne cesse de répéter : « Dieu a fait un miracle pour que ma femme soit de nouveau avec nous ! »

En réalité, beaucoup de monde ignorait que, durant toute la période de coma, 70 parents ou amis de Lori se réunissaient en un groupe de prière pour demander sa guérison. La rescapée a encore déclaré à la presse que son expérience de coma profond était encore floue, que des souvenirs étranges lui revenaient progressivement à l'esprit mais qu'elle ne souhaitait pas en dire plus pour le moment. Il y a de bonnes raisons de penser que cette patiente en état de mort clinique lors de ces deux arrêts cardiaques a probablement connu une expérience si bouleversante et si indicible qu'il doit effectivement lui être extrêmement difficile d'en parler aussi vite. Je sais que les personnes qui subissent ce moment particulier d'inactivité cérébrale et qui en gardent des souvenirs doivent digérer un long moment leur vécu avant de pouvoir témoigner. Par exemple, Jean Morzelle[27] qui a connu une EMI au cours d'une intervention chirurgicale a mis 30 ans avant de communiquer sur ce sujet.

Pour être tout à fait complet sur cette merveilleuse histoire, il faut préciser que Delila, la petite dernière de la famille Smith qui a été mise au monde dans ces conditions extrêmes, se porte à merveille et peut désormais profiter pleinement de l'amour de sa maman.

Cette interview concernant le miracle de Cincinnati fut pour moi l'occasion de répéter ce que je dis dans mes conférences à propos des comas : il ne faut jamais abandonner les comateux. Il faut les stimuler, leur faire entendre les sons ou les musiques qu'ils affectionnent. Il faut leur montrer des photos, des images ou des films ; même si leurs paupières sont fermées par du sparadrap pour les protéger des conjonctivites, certains témoignages nous démontrent que les comateux profonds ont la possibilité de voir sans leurs yeux et d'entendre sans leurs oreilles. Il faut les toucher, les caresser, leur parler,

27. *Tout commence* après, éd. CLC, 2007 ; *La lumière vient toujours d'en haut*, Le Temps présent, 2013 ; *L'expérienceur. 14 témoignages inédits de contact avec l'au-delà*, Le Temps présent, 2015.

s'adresser à eux par télépathie. Il faut prier pour eux. Bref, il faut leur donner de l'amour. Ils en ont besoin. Non, n'en déplaise à certains de mes confrères, un comateux n'est et ne sera jamais un légume !

J'avais à cette époque collecté bon nombre de témoignages de médecins et de soignants qui m'écrivaient, non seulement pour m'encourager à persévérer dans mes recherches, mais aussi pour me raconter leurs propres expériences « paranormales » vécues avec leurs patients. Les « blouses blanches » sont en effet en première ligne pour relater ce qui se passe au seuil de la mort, nous sommes quotidiennement confrontés à la maladie et aux derniers instants de la vie. Par exemple, bon nombre d'entre nous ont vu ou perçu des formes, des lueurs, des sortes de fumées, d'indicibles présences qui s'échappaient du corps des mourants. Certaines infirmières ont la réputation de parler avec les esprits et de faciliter le passage dans l'au-delà ; elles sont « passeuses d'âmes ». D'autres ont de véritables facultés médiumniques et croisent parfois des entités qui errent dans les couloirs de nos hôpitaux. D'autres encore, plus avancées dans le domaine spirituel, sont guérisseuses et soignent avec leurs mains en plus de prodiguer des soins plus conventionnels. Un constat difficilement contestable : tout cela se fait en cachette et presque personne ne le sait. La peur de perdre son emploi en révélant l'inconcevable interdit ce genre de confidences.

J'ai souhaité briser l'omerta et faire connaître cette face cachée de mon métier en publiant un nouveau livre, *La médecine face à l'au-delà*[28]. Pour la première fois, des médecins, des infirmières et des aides-soignants m'ont confié sans retenue leurs expériences restées jusque-là occultées. Comme on peut s'en douter, cet ouvrage suscita bien des polémiques dans le microcosme médical. Un de mes confrères bien intentionné ayant même publié dans un de ses bulletins : « Le docteur Charbonier semble vouloir nous démontrer dans son dernier livre que notre communauté médicale serait remplie d'hallucinés capables de voir les fantômes. Fumeraient-ils la même herbe que lui ? » Cependant, mis à part quelques ruades intempestives d'une poignée d'entre eux, je reçus du même coup un courrier nettement plus abondant de médecins, de chirurgiens et de soignants qui me félicitaient d'avoir eu le courage de relayer par cette publication les incroyables récits de leurs collègues. Toutes ces histoires qui proposent une autre façon d'envisager la maladie et la mort nous offrent une vision beaucoup plus optimiste de notre existence terrestre que celle qui est donnée par la médecine occidentale traditionnelle. Elles mériteraient donc d'être largement diffusées.

« L'optimiste est le seul à être convaincu que la véritable vie commence après la mort. » (aphorisme d'Oscar Wilde – 1854-1900)

---

28. Guy Trédaniel, 2010.

Vingt-huit ans après la chose

DEPUIS QUELQUES ANNÉES, on assiste à l'effondrement progressif des valeurs matérialistes et au renforcement des idéaux spiritualistes. Les crises économiques se multiplient et les catastrophes naturelles devenues de plus en plus fréquentes pointent du doigt la fragilité de nos existences terrestres. Bien que douloureuse, la démonstration est faite. En 2001, en quelques minutes, un attentat terroriste a touché le cœur d'une des plus grandes villes des États-Unis. En 2004, un tsunami a fait des dizaines de milliers de morts. Six ans plus tard, un nuage volcanique a paralysé la planète en bloquant l'intégralité du trafic aérien. Enfin, le 11 mars 2011, comme pour démontrer une fois pour toutes que nos technologies les plus performantes sont aussi vulnérables qu'un simple château de cartes, un séisme a réduit considérablement la principale ressource énergétique du Japon en exposant la planète à un risque de contamination nucléaire massive. Comment dans ces conditions ne pas se sentir minuscules et totalement impuissants ? Que faire dans des circonstances aussi dramatiques ? Oui, que faire à part tenter de reconstruire comme on peut et prier Dieu pour que de pareils malheurs ne se reproduisent plus ?

Devant ce genre de cataclysmes, croire en Dieu semble la seule issue. La croyance en un au-delà transforme la vie. Les valeurs matérialistes volent en éclats et ne sont donc plus prioritaires ; la peur de la mort s'atténue et le bonheur devient synonyme de tolérance, de partage et d'amour. Partout dans le monde, quand la terreur arrive, les solidarités s'organisent, les marches silencieuses se multiplient et les messages d'amour fleurissent comme au début d'un printemps prometteur. Fallait-il donc que toutes ces horreurs se produisent pour en arriver là ? Cette question me renvoie à certains récits d'expérienceurs qui rapportent que lorsqu'ils étaient dans la lumière d'amour, ils ont enfin compris que tout était juste et que les pires épreuves étaient là pour nous faire évoluer. Difficile à avaler quand on est soi-même concerné ! Oserait-on dire à une maman qui vient de perdre son enfant ou à un petit garçon qui voit exploser son père dans un attentat terroriste que tout est juste ? Non, bien sûr que non. Quand le traumatisme est récent, il est totalement impossible de tenir ce discours ; les blessures fraîches conduisent irrémédiablement à des sentiments de colère, de peur, de haine et de rancœur. Puis, les ressentis changent. Pour certaines personnes, la métamorphose est spectaculaire et presque incompréhensible. Pardon si je choque, mais je dois dire la vérité : j'ai rencontré des parents qui m'ont confié que la perte de leur enfant avait été une chance car elle les avait conduits sur un chemin spirituel qu'ils n'auraient jamais connu sans cela. Cette réflexion donne le frisson. On imagine les multiples douleurs endurées avant d'en arriver à cette époustouflante conclusion. Il faut sûrement avoir rempli des seaux de larmes et poussé pendant des mois des cris de rage pour trouver cette seule et unique issue salvatrice qui ressemble à ce que l'on appelle la pleine sagesse.

Au mois d'avril 2011, soit un mois après l'explosion des centrales nucléaires japonaises à Fukushima, le magazine *Ça m'intéresse* publia une enquête d'opinion qui confirmait la mutation annoncée par nombre de prédicateurs : un changement radical qui « élèverait le taux vibratoire de notre plan terrestre ». En langage clair : une plus grande spiritualité ressentie à l'échelon mondial. Selon cette étude, en 1981, 35 % des Français interrogés croyaient à un au-delà et à une vie après la mort. En 2008, ils étaient 39 %, soit une progression de 4 % en 27 ans. Certes, ce n'est pas énorme, mais cette petite augmentation démontrait déjà que l'évolution de nos connaissances scientifiques n'incite pas à renier l'au-delà et que croire à une survivance de l'esprit n'incombe pas exclusivement à la naïveté ou à un sous-développement culturel comme certains le prétendent encore. Mais les résultats obtenus en 2011 furent encore plus étonnants, puisque 64 % des personnes interrogées selon les mêmes critères déclaraient penser qu'il y avait une vie après la mort et que l'esprit survivait au corps ! La progression est fulgurante ; en trois années, c'est six fois plus que de 1981 à 2008 ! La courbe exponentielle qui dépasse les 50 %

du nombre de Français croyant à un au-delà montre que désormais nos compatriotes qui pensent que la mort est le néant complet sont désormais minoritaires. Dans cette même étude[29], 50 % des gens interrogés disaient croire à la réincarnation et 50 % jugeaient possible la communication avec les morts.

Les médias qui sont davantage préoccupés par les chiffres de l'audimat que par les belles valeurs à défendre ne s'y sont pas trompés. Depuis cette date charnière, le paranormal n'est plus du tout traité sous l'angle de la dérision ou de la moquerie. J'ai senti moi aussi cette inversion de tendance ; les journalistes qui m'interrogent ont effacé leur petit sourire en coin lorsqu'ils me tendent leurs micros. Je suis enfin pris au sérieux. Compte tenu des propos que je tiens sur les preuves scientifiques d'une vie possible après la vie, j'interviens dans des débats radiophoniques ou télévisés orientés sur des sujets sociétaux où la spiritualité a son mot à dire. Je parle de mes convictions sans faire de prosélytisme, je ne revendique aucune religion, j'affiche plutôt une « spiritualité laïque » qui s'accorde très bien à la situation.

Signe des temps, l'université Paris Descartes a organisé en ce début d'année 2011 une réunion publique passionnante intitulée « Vivre le don d'organes avec ses croyances », en faisant intervenir les représentants des

29. Enquête d'opinion menée auprès des lecteurs du magazine *Ça m'intéresse*. Avec plus de 235 000 exemplaires vendus par mois, *Ça m'intéresse* est le 6e mensuel le plus lu en France.

principales religions alors que, deux ans auparavant, le doyen de la faculté de médecine de Toulouse avait interdit au tout dernier moment la tenue du congrès international sur « Médecine et spiritualité » prétextant qu'il ne fallait pas parler de spiritualité dans une université laïque.

Ce débat, que j'ai eu le plaisir de commenter, a permis de faire un tour d'horizon des approches chrétiennes, musulmanes et juives. Il est vrai que les choses ne sont pas évidentes et sujettes à discussion et à interprétation, car au moment de la rédaction des textes sacrés cette prouesse médicale n'était même pas imaginable. La Bible hébraïque, l'Ancien et le Nouveau Testament, le Coran, la Thora et le Talmud ne disent pas un mot sur le don d'organes ; tout reste donc à interpréter en fonction de ce que l'on pense être la volonté divine.

Joséphine Cossard, coordinatrice des prélèvements d'organes du groupe hospitalier universitaire de Cochin à Paris, a fort justement précisé que « lorsque la question du don d'organes se pose aux familles endeuillées depuis quelques minutes, les croyances religieuses surgissent systématiquement ». Face à ce constat, les représentants des différentes religions abrahamiques ont subi de sévères critiques de la part des chefs de services transplanteurs qui n'admettent pas leur silence sur cette question alors qu'aucun texte sacré ne fait obstacle à ce moyen de prolongation de vie.

Le professeur Jean-Noël Fabiani, chef de service de l'unité de chirurgie cardiovasculaire à l'hôpital européen

Georges Pompidou, a fort justement demandé « comment s'appuyer sur une croyance dominante d'une résurrection de la chair à l'heure où 51 % des obsèques en France aboutissent à une crémation ? » Il a également souligné que dans notre pays, les services de prélèvements doivent faire face à 30 % de refus, soit deux fois plus qu'en Espagne où, il est vrai, l'État prend en charge la totalité des frais d'obsèques en cas de don d'organes.

Le grand rabbin Haïm Korsia a fait remarquer que cette difficile décision du don « bouscule l'idée que l'on peut se faire du repos éternel », mais pense qu'une longue discussion au bon moment avec les familles récemment endeuillées peut « faire tomber les obstacles qui s'élèvent sous couvert religieux ».

L'imam Saïd Ali Koussay a mis en exergue un verset du Coran qui ne laisse aucun doute sur la sacralité primordiale de la vie – « Si vous faites le bien, vous le faites à vous-même » – et est allé plus loin dans son raisonnement en qualifiant de « pas honnête » le refus de don de certains musulmans. Les fidèles au prophète Mahomet considèrent qu'à la mort physique, l'esprit reste vivant et que prolonger la vie de son prochain en donnant une partie de son corps est une bonne action ; « un bonus que le défunt reçoit dans sa tombe, augmentant ses chances de rejoindre un jour le Ciel ».

Doriane Villordin, responsable du culte catholique à l'aumônerie du CHU de Cochin, a souligné que la foi invite à donner et que « le partage du corps est autorisé puisque le Christ lui-même n'est pas physiquement revenu après sa résurrection ».

Le professeur Denis Safran, chef du service d'anesthésie réanimation, médecin référent des dons d'organes à l'hôpital européen Georges Pompidou, a insisté sur le fait que « la plupart des refus de prélèvements se heurtent à la méconnaissance des familles sur l'avis de leur propre religion ».

Les bouddhistes n'étaient pas représentés dans ce colloque, mais ils ont fait savoir que leur philosophie intègre le don d'organes comme un « acte compassionnel et fraternel ».

Cette rencontre a eu le mérite de démontrer qu'il n'existe donc aucun dogme religieux interdisant formellement le don d'organes. Effectivement, on voit mal comment un Dieu d'amour et de miséricorde pourrait reprocher à l'un de ses enfants un acte aussi généreux que celui-ci.

L'influence religieuse devenait donc de plus en plus importante dans les grandes décisions sociétales : éthiques, médicales, comportementales ou autres. Cet exemple de discussion autour d'un acte médical aussi technique que le don d'organes illustre parfaitement cette surprenante évolution. Les valeurs d'un monde matérialiste ayant démontré leurs limites et leurs faiblesses, il devenait normal que les divers modèles spiritualistes reprennent une place prépondérante en offrant des repères fiables et solides. N'en déplaise aux politiciens qui souhaitaient encore aujourd'hui reprendre la main en organisant des débats sur la laïcité ou sur l'identité nationale ! Ils ont simplement oublié l'essentiel : beaucoup de leurs électeurs pensent que nous sommes tous des enfants de Dieu et que nous devons réfléchir ensemble aux différents choix de société qui s'imposent à nous.

Il faut cependant distinguer religion et spiritualité. On le voit dans la plupart des comportements extrémistes, certains religieux n'ont rien de spirituel ! Et à l'inverse, des personnes très spirituelles n'appartiennent à aucune religion. Être spirituel, c'est être dans l'amour, le partage et la tolérance, c'est se sentir relié aux autres, aux forces cosmiques et telluriques, appartenir au « grand tout » : à l'ensemble de l'univers et à toutes ses créations. Pour cela, nul besoin de dogmes, de règles sociales ou de sanctions disciplinaires comme il en existe dans toutes les religions du monde. Toutefois, celles-ci sont un excellent moyen d'exercer sa spiritualité, à condition qu'elle soit exercée avec sincérité et au plus profond de son cœur.

Pressé par l'actualité et par les questionnements multiples de mes opposants, je débutais la rédaction d'un ouvrage, *Les 7 bonnes raisons de croire à l'au-delà*[30] au sous-titre subversif : « Le livre à offrir aux sceptiques et aux détracteurs ». J'ignorais à l'époque que ce réquisitoire deviendrait plus tard ce que l'on appelle un « best-seller » traduit en une dizaine de langues, y compris en russe

30. Guy Trédaniel, 2012.

et en japonais. Je rapporte ici les sept arguments utilisés pour ma plaidoirie.

Première bonne raison : Les NDE ou EMP sont en général les phénomènes les plus utilisés pour aborder tous les sujets touchant de près ou de loin à l'après-vie.

Deuxième bonne raison : Le cas de Pamela Reynold. Cette jeune femme, aujourd'hui décédée, qui a bénéficié d'une technique d'interruption totale de sa circulation cérébrale pour permettre de traiter chirurgicalement un anévrisme menaçant de la tuer a vécu une EMP documentée au moment précis où aucun de ses neurones ne pouvait fonctionner. De l'aveu même du chirurgien qui l'a opérée, il était tout à fait impossible que Pamela perçoive quoi que ce soit de son intervention. Et pourtant, elle fut en mesure de raconter les moindres détails de cette prouesse médicale qui l'a totalement guérie.

Troisième bonne raison : Les comportements des mourants ont bien souvent des perceptions médiumniques quelques heures ou quelques minutes avant leur passage dans l'au-delà. Difficile de prétendre qu'ils sont victimes d'hallucinations quand l'entité qui se présente au pied de leur lit est une personne dont ils ignoraient le décès, surtout lorsque celui-ci était aussi imprévisible qu'un accident de la route !

Quatrième bonne raison : Les OBE[31] ou décorporations ou expériences hors du corps. J'ai étudié 124 dossiers de

31. *Out of body experiences.*

personnes qui disent avoir vécu cette sensation en dehors d'une expérience de NDE ou d'EMP. Les résultats ont tendance à démontrer que cette dissociation corps-esprit est bien réelle et donc tout à fait compatible avec une survivance de l'esprit au moment de la mort.

Cinquième bonne raison : Les *perceptions mortuaires* sont les ressentis des personnes qui sont à proximité ou à distance des mourants. Ces vécus bouleversants que Raymond Moody appelle « expériences de mort partagée »[32] ont des répercussions aussi marquantes que les NDE, sauf qu'ici on ne peut pas avancer la thèse d'un dysfonctionnement cérébral imputable à un manque d'oxygène ou à un quelconque traumatisme crânien. Celles et ceux qui racontent cela sont tout à fait sains de corps et d'esprit au moment de leur expérience. J'ai étudié 64 cas. Aucun des sujets que j'ai interrogés n'avait après cela le moindre doute sur l'existence d'une vie après la mort ni sur la réalité de leurs perceptions. Personne ne pensait avoir été victime d'une hallucination.

Sixième bonne raison : La médiumnité est un argument fort pour prouver la réalité du monde invisible. Tout en mettant en garde le lecteur quant aux nombreuses dérives charlatanesques, je connais des exemples époustouflants de contacts médiumniques. Je recommande de donner à

---

32. *Témoins de la vie après la vie : une enquête sur les expériences de mort partagée,* Robert Laffont, 2010.

cette discipline le rôle social qu'elle mérite en soulageant les douleurs du deuil et les angoisses de la mort.

Septième bonne raison : Les signes de l'au-delà, avec une place privilégiée pour la TCI dont j'ai précédemment parlé.

L'originalité de ce livre est que pour chacune des sept raisons exposées, j'ai détaillé toutes les objections de mes détracteurs avec les réponses que j'avais l'habitude de leur faire. Cette façon de procéder n'a pas séduit tout le monde ; en leur coupant l'herbe sous les pieds, il ne leur restait plus que les invectives et les insultes pour exprimer leur mécontentement. Je ne fus donc pas très étonné de recevoir leurs courriers, ils sont tellement prévisibles…

Vingt-neuf ans après la chose

LA PUBLICATION DES *7 bonnes raisons de croire à l'au-delà* chatouilla le double menton des matérialistes qui voulaient corriger publiquement cet anesthésiste qui, une fois de plus, avait franchi les limites de l'acceptable en prétendant changer le monde avec ses impostures. J'étais devenu le moustique dans la chambre à coucher, le minuscule insecte qui empêche tout le monde de dormir en émettant un petit bruit agaçant. Qui le premier en viendrait à bout ? Oui, qui ?

Une belle tentative d'exécution se déroula en avril 2012 lors d'une émission intitulée « Controverse », diffusée sur RTL TV1 qui est la chaîne la plus populaire de Belgique. D'autres invités m'accompagnaient. D'emblée, la disposition des participants donnait une petite idée de nos divergences qui préfigurait la fameuse « controverse » propre au concept ; à ma droite l'expérienceuse Fabienne Derselle, à ma gauche le père Éric de Beukelaer, doyen de Liège. Face à notre trio à tendance spiritualiste, nos opposants : le professeur Jean-Louis Vincent chef du service de soins intensifs de l'hôpital Érasme, le professeur Steven Laureys, que j'ai précédemment présenté en évoquant l'émission de France 5 « Le magazine de la santé », le docteur Baudouin Dechameux, directeur de l'Institut d'études des religions et de la laïcité. Bizarrement, l'expérienceur Guy Vander Linden[33] ne s'était pas assis au bon endroit puisqu'il se retrouvait placé à leurs côtés. Après avoir écouté les deux récits de NDE, nous débutâmes nos commentaires. Quand je pris la parole pour expliquer que les perceptions des expérienceurs étaient indépendantes de l'activité cérébrale puisque cette dernière était quasi inexistante lors des NDE, je vis bien que mes interlocuteurs étaient prêts à me bondir dessus. Surtout le professeur Laureys. Il avait bien sûr apporté son inséparable petit cerveau en plastique de couleur pour expliquer l'inverse de ce que je venais de dire ! Selon lui, toutes ces expériences sont secondaires à un dérèglement cérébral. Par exemple, la sortie de corps est une « vision autoscopique externe » reproductible par la stimulation d'une zone particulière du cortex cérébral, et le reste de l'expérience sera un jour expliqué par d'autres stimulations analogues. Pour résumer, voilà sa démarche.

« Je ne suis pas d'accord avec le docteur Charbonier, les personnes qui font une NDE ne sont pas mortes », commença-t-il à dire. « Si, elles sont bien mortes ! Elles sont en mort clinique ! On les réanime en leur faisant un massage cardiaque », coupa sèchement le professeur Vincent. La journaliste ironisa : « Donc, si je comprends bien, les médecins ne savent pas diagnostiquer le moment de la mort, c'est ça ? » Le débat était lancé. À vrai dire,

33. Vander Linden G., *Ma mort... Ma plus belle expérience de vie*, Édilivre-Aparis, 2016.

j'étais soulagé de voir que les deux professeurs de médecine préféraient se chamailler entre eux plutôt que de m'affronter. Je profitais de leur différend pour rappeler que la définition de la mort évoluait en fonction des possibilités médicales de réanimation. Autrefois, on déclarait une personne décédée lorsqu'elle ne respirait plus et, il y a à peine quelques décennies de cela, lorsque son cœur ne battait plus. Aujourd'hui, c'est l'arrêt du fonctionnement cérébral qui détermine la frontière de la mort, mais rien ne dit qu'un jour, on n'arrivera pas à réanimer des morts cérébrales.

Laureys était de plus en plus agacé : « Non, je ne suis pas d'accord, on parle de mort parce que c'est sexy, mais ces personnes ne sont pas mortes... Pour moi, vous êtes votre cerveau ! » Sexy la mort ? La journaliste haussa les sourcils. Le docteur Dechameux fit un rappel sur l'approche théologique de la mort et le prêtre précisa fort justement que certaines valeurs humaines, dont la foi et l'amour ne pourraient jamais être disséqués par un bistouri de chirurgien dans un cerveau. Mais Steven Laureys n'était pas satisfait ; son petit cerveau en plastique – « de rechange » comme l'avait qualifié malicieusement la journaliste en le présentant lors d'un premier tour de table – n'avait impressionné personne. On peut même dire que ce gadget le desservit grandement ; assimiler le cerveau à une glande sécrétrice de conscience semble aujourd'hui terriblement réducteur ; une conception désuète et passablement naïve compte tenu des innombrables récits de mort provisoire ! Pourtant, Laureys persiste et signe.

Je rapporte ici une conversation téléphonique que j'aie eue en avril 2016 :

« Bonjour, c'est Stéphane Allix[34]. Je viens d'apprendre que je dois participer à un débat sur les NDE pour l'émission « Toute une histoire » animée par Sophie Davant sur France 2. Je vais parler de mon bouquin[35]. Il y aura un médecin belge avec nous, un certain Laureys… Tu le connais ?

– Oui, c'est un matérialiste pur et dur. Il se déplace toujours avec un petit cerveau en plastique pour expliquer à qui veut l'entendre que les expériences de mort provisoires sont des hallucinations secondaires à un dérèglement cérébral.

– Ah bon ?… Mais pourquoi ils ne t'ont pas invité ? Je ne vais pas savoir quoi lui dire moi. Je ne suis pas médecin. Je suis journaliste…

---

34. Stéphane Allix est un journaliste d'investigation qui, suite à la mort accidentelle de son frère en Afghanistan, s'est intéressé depuis 2003 aux contacts médiumniques et au paranormal. Il fonde l'Institut de Recherche sur les experiences extraordinaires (INREES) et réalise une série de documentaires « Enquêtes extraordinaires » dont la première saison a été diffusée sur M6 en 2010 et la seconde en 2013. Il est aussi à l'origine du magazine « Inexploré » et en 2015 de l'INRESS TV.

35. *Le test : une expérience inouïe, la preuve de l'après vie ?*, Albin Michel, 2015.

J'étais invité à cette émission. J'avais même pris un remplaçant pour pouvoir m'y rendre. Ils m'ont prévenu à la dernière minute pour me dire que c'était Steven Laureys qui avait été choisi à ma place. Trop tard pour annuler mon remplaçant. »

Le lendemain, nouveau coup de fil de Stéphane Allix :

« Tu avais raison, Laureys avait amené son petit cerveau en plastique. (rires). Je n'arrive pas à comprendre ce qu'il cherche à démontrer ou à prouver. Il semblait gêné pendant toute l'émission. J'ai voulu lui parler en salle de maquillage, mais il n'a pas souhaité me rencontrer... Je ne comprends pas. Par contre, le témoignage de l'expérienceuse[36], Laura Blanchon, était très bien. On était sous le charme de son récit. C'était très émouvant.

Mais revenons en 2012, sur le plateau de RTL TV1. Nous n'étions d'accord ni sur la définition de la mort ni sur celle de la conscience. Les deux expérienceurs me rejoignaient sur la plupart des points que je soulevais tandis que les matérialistes restaient figés sur leurs positions dogmatiques qui laissaient penser que l'être humain est une sorte de robot biologique dépourvu d'esprit. Le débat s'orienta naturellement vers le don d'organes. Laureys argua que le fait de prétendre que les expérienceurs étaient morts au moment de leur EMP pouvait être un frein aux dons d'organes. Cet argument n'est bien sûr pas recevable. Il m'a pourtant été à nouveau opposé en 2016 par Marina Carrère

36. Blanchon L., SIM R., *Nos vies suspendues*, Guy Trédaniel, 2016.

d'Encausse lors de l'émission « Allô Docteurs » sur France 2. En effet, les prélèvements d'organes ne s'effectuent jamais lorsque les patients sont en état de mort clinique. La mort clinique est une situation provisoire pouvant évoluer dans un certain nombre de cas vers une guérison totale et sans séquelle. Les donneurs, quant à eux, sont toujours en état de mort cérébrale ; un stade aujourd'hui rendu irréversible par nos possibilités limitées de réanimation. Toutefois, une réflexion du professeur Vincent nous fit frissonner. Il laissa sous-entendre que, dans son service, on n'attendait pas que les patients soient en mort cérébrale pour prélever leurs organes et que si les médecins pensaient que le pronostic de survie du malade était mauvais, le prélèvement se faisait sans problème ! Cette fois-ci, c'est le prêtre qui haussa les sourcils. Je connaissais cette dérive belge qui n'est un secret pour personne. Dans ce pays, ce sont les médecins qui décident seuls qui doit vivre ou mourir. Ce qui en soi représente un véritable scandale. Les aveux du chef du service n'arrangeaient pas les craintes de Laureys qui semblait de plus en plus embarrassé. Pour terminer sur une note plus optimiste qui, du coup, contrecarrait les pratiques de prélèvements abusifs, j'évoquais le cas de Pamela Reynold décrit au chapitre précédent. Et là, ce fut l'estocade. Laureys et Vincent ne surent quoi répondre, mis à part qu'ils ne connaissaient pas bien le dossier, qu'il faudrait bien voir à quel moment Pamela aurait décrit ces expériences, qu'il faudrait savoir si tout ceci était bien réel, qu'il faudrait vérifier les dires des uns et des autres... Le dossier est pourtant connu, facilement consultable et difficilement contestable étant donné que tout a été consigné et répertorié minute par minute sur le cahier de bloc où a été opérée Pamela Reynold. Les deux professeurs qui s'intéressaient aux questions que nous débattions ce jour-là ne pouvaient l'ignorer. Seulement voilà, ce document dérangeant démontre de façon éclatante que nous ne sommes pas des robots biologiques. Alors, bien sûr, il était plus simple de faire croire qu'ils ne le connaissaient pas.

J'avais gardé le meilleur pour la fin.

Ce qui m'agace le plus chez les matérialistes, c'est la mauvaise foi ; nombreux sont ceux qui préfèrent mentir plutôt que d'avouer qu'ils ont tort. Je suis sûr que les professeurs Laureys et Vincent n'ignoraient aucun détail du dossier de Pamela Reynold. Steven Laureys fait régulièrement de la désinformation dans les médias en affirmant que la sensation de sortie de corps des expérienceurs est une hallucination reproductible par la stimulation du lobe pariétal[37] du cerveau. Pour sa démonstration, il s'appuie sur les travaux d'Olaf Blanke, un neurochirurgien suisse qui a publié le résultat de ses recherches dans des revues

37. Le cerveau est divisé en sept parties, ou lobes, nommées d'après les os crâniens dont ils sont les plus proches : deux lobes frontaux, deux lobes temporaux, deux lobes pariétaux et un lobe occipital qui est unique, postérieur et central tandis que les autres lobes sont droits ou gauches. Les lobes pariétaux droit et gauche sont situés en arrière des lobes temporaux.

à comité de lecture réputées pour leur sérieux[38]. Or, quand on lit ces fameux articles, on se rend bien compte que les impressions de décalage des patients ainsi stimulés n'ont rien de commun avec les expériences vécues en état de mort provisoire. Les individus étudiés par le professeur Blanke sont conscients et peuvent parfaitement décrire ce qu'ils ressentent lorsqu'on leur chatouille le lobe pariétal avec une électrode. Ils racontent voir la partie inférieure de leur corps ; les jambes et le bas du tronc. Ils ne se voient pas du plafond, allongés sur leur lit et sont tout à fait incapables de visualiser des situations se déroulant à distance de la pièce dans laquelle ils se trouvent comme dans certaines EMP. Et en plus, s'ils ferment leurs yeux, ils ne voient plus rien ! Donc, pas grand-chose de commun avec les ressentis d'un expérienceur. Ce raccourci facile employé par Laureys lui permet d'étayer sa croyance matérialiste en une mort-néant qu'il rêve de pouvoir un jour démontrer. « La seule preuve d'une vie après la mort cérébrale, c'est le don d'organes », martèle-t-il chaque fois qu'il est interrogé sur le sujet.

Vanessa Charland-Verville est neuropsychologue et travaille au laboratoire du Coma Science Group de Steven Laureys, à Liège. Comme son mentor, elle pratique volontiers la désinformation pour promouvoir ses idées

---

38. Blanke O., Ortigue S., Landis T., Seeck M., *Stimulating illusory own-body perceptions,* Nature 2002, 419 : 269-270. Et Blanke O., Landis T., Spinelli L., Seeck M., *Out-of-body experience and autoscopy of neurchirurgical origin,* Brain 2004, 127 : 243-258.

matérialistes. Ce prosélytisme affiché est d'autant plus déplaisant quand elle me fait passer publiquement pour un menteur, voire pour un piètre imbécile. Dans une de ces conférences filmées et diffusées sur YouTube[39], elle déclare : « Il ne faut pas croire le docteur Charbonier quand il dit que l'EEG est plat lors d'une mort clinique. C'est faux ! Personne n'a eu le temps de faire un EEG lors d'un arrêt cardiaque. Vous vous imaginez un peu ? Oh, mon Dieu, son cœur s'est arrêté, voyons, on va lui faire un petit EEG pour savoir si son cerveau fonctionne ! Non, on ne fait jamais ça bien sûr, il y a des choses plus urgentes à faire quand le cœur s'arrête ! » Sa joute a un effet certain sur son public, mais je le répète : c'est de la désinformation et cette attitude est indigne de tout scientifique qui se respecte. J'ai bien du mal à croire que cette spécialiste du cerveau ignore les publications[40] qui ont prouvé que l'EEG devenait plat 15 à 20 secondes après l'arrêt cardiaque ! Je ne sais pas si Vanessa Charland-Verville est ignorante ou malhonnête, mais j'ai en ce qui la concerne une seule certitude : elle n'a jamais connu la chose !

---

39. https://youtu.be/Pjg5Ssi9ovl

40. Visser Gh, Wieneke Gh, Van Huffelen Ac, De Vries Jw, Bakker PF. *The development of spectral EEG changes during short periods of circulatory arrest*. J Clin Neurophysiol Off Publ Am Electroencephalogr Soc. 2001 Mar; 18(2): 169-77. Et Parnia S, Fenwick P. *Near death experiences in cardiac arrest: visions of a dying brain or visions of a new science of consciousness*. Resuscitation, 2002 Jan; 52(1): 5-11.

2012 fut une année décisive pour mon activité de conférencier, de plus en plus intense. Je ne pouvais plus faire face aux demandes et les salles où j'intervenais n'étaient plus assez grandes pour accueillir le public. Un médecin anesthésiste en exercice qui prétend qu'il y a *7 bonnes raisons de croire à l'au-delà* n'est pas monnaie courante dans notre beau pays laïque ! Beaucoup de personnes m'avaient écouté à la radio et vu sur leurs écrans d'ordinateur ou de télévision. Ils étaient à la fois émus et heureux de « me voir en vrai », selon leur expression récurrente. Il me fallait donc sélectionner, d'une façon ou d'une autre, les organismes les plus motivés pour me recevoir. Je décidai de demander un émolument raisonnable en plus des défraiements habituels. Je continuais cependant à intervenir bénévolement dans les associations caritatives ou à motivations humanitaires. La plupart des gens qui avaient l'habitude de me recevoir en conférence acceptèrent sans problème mes nouvelles conditions qui les laissaient de toute façon largement bénéficiaires, mais certains grincèrent des dents en prétendant que je faisais désormais du *business* avec la spiritualité. En fait, les plus mécontents étaient aussi les plus vénaux...

La France est le pays des tabous. L'argent et la mort doivent être exclus des conversations. Pourtant, contrairement à une idée reçue répandue, l'argent n'est pas nécessairement et obligatoirement « sale ». Il permet d'évaluer le travail et l'énergie mis au service des autres.

Il représente un échange, un partage, un moyen d'action. Il n'est pas du tout incompatible avec la spiritualité. Il peut même être à son service. Que deviendraient les actions humanitaires sans moyens financiers ? Comment creuser des puits en Afrique, construire des écoles dans les pays pauvres, accueillir des réfugiés ? L'argent devient sale dès lors qu'il y a une rétention abusive dans sa libre circulation, dès qu'une personne exploite l'énergie ou le travail de l'autre, dès que le partage est refusé. Alors, là oui, dans ce cas je suis d'accord, la relation d'amour est rompue et l'argent devient répugnant et maudit.

Je suis rompu aux critiques et aux attaques multiples ; certaines sont virulentes pour ne pas dire destructrices. En effet, recevoir dans son courrier des lettres anonymes de menaces de mort ne peut que faire craindre la folie de son ou ses auteurs. Il est tout à fait normal d'être contesté quand on se met en avant pour modifier des certitudes fortement ancrées dans les apprentissages d'une collectivité, mais il est surprenant de voir à quel point les croyances sur la réalité d'un au-delà peuvent susciter autant de violence. Ces croyances et ces certitudes sont le sel du terrorisme intellectuel. J'ai déposé tous ces documents écrits avec des lettres découpées dans des journaux à la gendarmerie de Lavelanet[41]. Les phrases laconiques des messages postés à différents endroits expriment la haine et la colère.

41. La ville la plus proche de ma maison où j'ai reçu ce détestable courrier.

« La chose » me fait relativiser ces attaques qui ne sont pour moi que des aiguillons me poussant à poursuivre de plus belle une action dans le sens que je me suis fixé. Je pardonne leurs auteurs et je les remercie de me faire toucher du doigt l'importance de mon travail.

Je profite de cette diversion sur notre spécificité nationale à avoir une aversion pour l'argent, pour lancer un nouveau pavé dans la mare. Beaucoup pensent que les médiums devraient travailler gratuitement sous prétexte qu'ils ont reçu un don de Dieu. Drôle d'argument ! Chaque service rendu à la société doit être récompensé à sa juste mesure. Apaiser les douleurs du deuil en donnant un signe précis de reconnaissance de l'être cher passé de l'autre côté du voile en est un, immense. D'autre part, afin de faire profiter un maximum de personnes de son don de médiumnité, il faut l'exercer à plein temps et donc en faire son métier. Eh oui, les médiums sont des hommes et des femmes comme les autres. L'argent qu'ils gagnent n'est pas de l'argent volé. Il est plus que temps de leur donner la place qu'ils méritent dans nos sociétés ! Ceux que je connais appliquent leurs tarifs avec tact et mesure ; il leur arrive même de faire des consultations gratuites pour les plus démunis. Il existe aussi, hélas, de nombreux charlatans dans cette corporation. Ils ne seront éliminés du circuit que lorsque la médiumnité sera enfin reconnue et contrôlée par un monde occidental aujourd'hui spirituellement sous-développé.

Trente ans après la chose

EN MARS 2013, À L'OCCASION DE MON INVITATION aux deuxièmes rencontres internationales sur les EMI organisées à Marseille par Sonia Barkallah, je présentais avec mon amie Annie Babu[42] un projet d'études que nous avions lancé depuis quelques mois seulement. Notre but était de recruter un maximum de participants pouvant répondre à un questionnaire orienté sur les quatre principaux regards sociétaux de la mort : les EMP, le suicide assisté, l'euthanasie et les soins palliatifs. On peut effectivement interroger nos contemporains sur ces sujets qui sont régulièrement mis sous les feux de l'actualité. Cette enquête d'opinion sera, au final, menée auprès de 3 000 personnes. De cette collecte d'informations naîtra deux ans plus tard un ouvrage[43] écrit à quatre mains dans lequel Annie et moi exposons avec passion nos idées, nos choix ainsi que nos convictions – convergentes comme divergentes – offrant ainsi au lecteur un large

---

42. Annie Babu a dirigé pendant 14 ans l'Institut européen de médiation familiale (IEMF) qu'elle a fondé à Paris en 1991. Elle est une des pionnières de la médiation familiale en France. Chevalier de l'ordre national du mérite, elle est aussi déléguée en Guadeloupe de l'Association du droit de mourir dans la dignité (ADMD).

43. Babu A., Charbonier J.-J., *4 regards sur la mort et ses tabous*, Guy Trédaniel, 2015.

champ de réflexion pour se faire sa propre opinion. Cette mise en relation de ces quatre sujets sensibles provoque indéniablement en chacun un questionnement salutaire pour appréhender la mort de manière plus apaisée, tant d'un point de vue médical que spirituel ou éthique. Cette enquête nous révéla des choses surprenantes. Par exemple, on y apprend que plus de 40 % des personnes interrogées sont favorables à l'euthanasie. Et quand on sait qu'une majorité de sondés sont de confession catholique, on peut en déduire que bon nombre d'entre eux ne sont pas en accord avec un des principes fondamentaux de cette religion qui n'autorise pas cette pratique. Dans cette même population de 40 % d'individus, 25 % souhaitent que l'euthanasie soit appliquée pour les autres, mais pas pour eux ! Cela pourrait prêter à sourire, mais ce résultat démontre que c'est surtout l'agonie d'un proche qui est insupportable ; selon ces 25% de participants, il faudrait donc réduire cette période en accélérant le processus de fin de vie de l'être aimé.

C'est lors de ce colloque que je fis la connaissance d'Eben Alexander dont l'étonnante histoire avait enflammé les passionnés des NDE. Ce professeur de neurochirurgie à Harvard, né en 1953, était jusqu'en 2008 un scientifique résolument matérialiste. Il enseignait à ses élèves que les EMP ne pouvaient être que des hallucinations produites par un cerveau à l'agonie. Jusqu'au jour où, le hasard (qui est un sacré farceur), lui fit vivre la fameuse expérience, métamorphosant ainsi le mandarin en un des défenseurs les plus acharnés de la survivance de l'esprit. Le titre de son livre, *Proof of Heaven*[44], resté sur la liste des best-sellers du *New York Times* pendant 97 semaines, montre à quel point un événement personnel peut changer du tout au tout une conception solidement ancrée. Cet improbable accident était en quelque sorte sa « chose » à lui. En l'occurrence, cette chose-là était bien plus petite qu'un simple grain de sable introduit dans les rouages de sa pensée matérialiste puisqu'elle ne pouvait se voir qu'avec un microscope électronique extrêmement puissant. En effet, la méchante bestiole qui faillit tuer le brillant professeur était un germe appelé *Escherichia coli*. Ces minuscules bactéries vivent normalement de façon pacifique et paisible dans le tube digestif de chacun d'entre nous. En 2008, sans que l'on puisse en comprendre la raison, l'une d'entre elles quitta le tube digestif du neurochirurgien pour traverser une barrière hématoméningée[45] réputée infranchissable. Une fois confortablement installée dans l'une des circonvolutions du cerveau, l'intruse décida de fêter ça en se reproduisant à des millions d'exemplaires pour tout détruire. La redoutable méningo-encéphalite qui résulte

44. *La preuve du paradis*, Guy Trédaniel, 2013.

45. Barrière physiologique entre la circulation sanguine et l'ensemble du système nerveux central. Elle est formée de cellules endothéliales qui sont étroitement serrées pour protéger le cerveau des agents pathogènes. Elle représente un filtre extrêmement sélectif, à travers lequel les aliments nécessaires au cerveau sont transmis tandis que les déchets sont éliminés.

de cette invasion massive n'offre en théorie que 2 % de chances de survie dans les meilleurs des cas. Mais, contre toute attente, Eben s'en sortira miraculeusement indemne. Il fit néanmoins lors de son coma prolongé de plusieurs jours, une EMP hors du commun. Après avoir voyagé dans « le monde du ver de terre », il s'envola sur les ailes d'un papillon géant pour faire une incursion dans l'au-delà en compagnie d'une jeune femme « au visage souriant et charmant ». Après une convalescence somme toute rapide, compte tenu de la gravité du diagnostic, il récupéra sans aucune séquelle toutes ses facultés motrices et mentales. Dès son réveil, il sut que ce qu'il avait vécu dans l'autre monde n'était ni un rêve ni une hallucination. Il en reçut la confirmation deux mois plus tard en reconnaissant sur une photo le « visage souriant et charmant » de la femme qui l'avait accompagné dans ce que certains pourraient nommer un « *very good trip* » (un très bon voyage) ; celui-ci n'était autre que le portrait de sa sœur biologique déjà décédée depuis fort longtemps au moment de son expérience dans l'au-delà. Il ne pouvait avoir vu ce cliché avant, puisqu'il n'a retrouvé ses parents biologiques qu'après son coma ! La mémorisation de cette sœur dont il ignorait l'existence n'était donc pas stockée dans son cerveau malade. La preuve est là, solide et incontestable : dans ces conditions, les EMP ne sauraient être produites par les bouffées délirantes de neurones en souffrance. Pour Raymond Moody qui étudie le phénomène depuis un demi-siècle, l'expérience d'Eben Alexander est la plus fascinante qui lui ait été donnée d'étudier depuis le début de sa carrière ! Celui que l'on surnomme affectueusement « le pape des NDE » nous révéla lors de ce colloque que depuis la connaissance de l'aventure du professeur Alexander, il n'était plus sceptique sur l'existence d'une vie après la vie. « Un sceptique, nous dit-il, est celui qui ne tire aucune conclusion sur un sujet donné, et désormais compte tenu de toutes les recherches que j'ai faites durant toutes ces années, je peux dire et conclure qu'il y a bien une vie après la mort ! »

L'entretien que j'ai eu ce jour-là avec ces deux hommes exceptionnels fut trop bref mais suffisamment intense pour qu'ils me fassent l'honneur de me désigner comme le préfacier de leur ouvrage[46] écrit à la suite de cette rencontre.

En 2013, j'avais collecté plusieurs centaines de témoignages d'expérienceurs. Bien que différents, je constatais que les vécus relatés avaient de nombreuses similitudes ; les incursions dans l'au-delà se ressemblaient sur bien des points. On retrouve effectivement souvent la même séquence événementielle dans les récits : la sortie de corps, le tunnel, la lumière d'amour inconditionnel, la rencontre avec des guides spirituels, des proches décédés, des anges, des êtres de lumière, la rétrocognition avec sa

46. Alexander E., Moody R., *L'évidence de l'après-vie*. Guy Trédaniel, 2014.

revue de vie, la précognition avec ses informations sur le futur pouvant être assimilées à de la voyance, puis le retour dans le corps avec une transformation radicale de tous les objectifs de vie. J'avais également observé et noté le travail et les capacités de plusieurs dizaines de médiums qui intervenaient régulièrement avec moi en conférence. Enfin, je m'étais intéressé aux résultats obtenus par les chercheurs en TCI.

Plusieurs questions se posaient alors. Comment relayer les EMP (ou NDE) à la médiumnité et à la TCI ? Comment modéliser cette forme de conscience hyper performante qui existe après la mort tout en étant accessible aux médiums et aux différents supports utilisés en TCI ? Comment expliquer que cette conscience *post mortem* améliore ses capacités lorsque le cerveau est à son plus bas niveau d'activité ? En effet, à moins d'être particulièrement doué pour les perceptions dites extrasensorielles, en état de veille – c'est-à-dire avec un cerveau aussi vivant qu'actif –, aucun être humain normalement constitué ne semble capable de voyager dans le temps et dans l'espace, d'avoir une vision à 360 degrés qui traverse la matière ou de dialoguer avec des défunts. Autre problème tout aussi difficile à résoudre : pourquoi ces phénomènes d'EMP ou de médiumnité sont-ils minoritaires dans la population ? Autrement dit, pourquoi n'y a-t-il qu'un faible pourcentage d'expérienceurs dans les arrêts cardiaques et pourquoi ne sommes-nous pas tous médiums et capables de recevoir des messages venant de l'au-delà ?

Comme je l'ai démontré précédemment, bon nombre d'éléments concrets pouvaient me faire exclure l'hypothèse hallucinatoire des EMP. D'autre part, compte tenu des signes précis de survivance donnés par certains médiums, je pouvais d'ores et déjà écarter sans problème toute explication relevant de l'imposture. Enfin, j'avais rassemblé sept bonnes raisons de penser que la TCI était une technique à prendre au sérieux. Il ne me restait donc plus qu'à inventer une nouvelle modélisation du fonctionnement de la conscience permettant d'intégrer les EMP, la médiumnité et la TCI dans notre réalité. Celle-ci devant également répondre à l'ensemble des interrogations que je viens d'énumérer.

Deux formes de conscience

Lorsque j'ai imaginé ce concept de dichotomie entre une conscience analytique cérébrale (CAC) et une conscience intuitive extraneuronale (CIE), j'étais loin de me douter que celui-ci serait validé un an plus tard par un jury de thèse de doctorat en médecine que je dirigeais.

Mais avant de rentrer dans les détails de cette proposition, considérons la définition classique de la conscience. Pour l'observateur, un individu est déclaré conscient lorsqu'il semble avoir tous ses sens en éveil ; il est animé de mouvements divers et, tout en ayant les yeux grands ouverts, il peut répondre à sa manière aux différentes questions qui lui sont posées. À l'inverse, une personne qui ne bouge plus et qui a les yeux fermés est déclarée inconsciente. Mais il faut croire que les apparences sont trompeuses puisque 35 % des personnes endormies déclarent avoir rêvé pendant leur sommeil, 5 % des comateux disent avoir perçu des scènes se déroulant à proximité ou à distance de leur corps inerte. Et ce pourcentage tombe à 2 % quand on se réfère à des patients placés sous anesthésie générale, tandis que 18 % des rescapés d'arrêts cardiaques racontent leurs fameuses EMP. Donc, toutes ces personnes apparemment inconscientes ont reçu et traité des informations. Ces différents états que l'on pourrait qualifier d'hyperconscience surviennent lorsque le cerveau fonctionne au ralenti. On peut donc admettre en toute logique que toutes ces données ne sont pas produites par nos neurones. Prétendre le contraire reviendrait à soutenir qu'une voiture peut rouler plus vite avec le moteur éteint !

La conscience analytique cérébrale (CAC) est reliée à toutes nos perceptions sensorielles, auditives, visuelles, olfactives, tactiles et gustatives pour nous donner les informations nécessaires afin de nous situer dans le temps et dans l'espace. La CAC est véhiculée par des échanges biochimiques et électriques qui s'établissent entre nos neurones. Elle est purement matérielle et disparaît donc au moment de la mort. Elle analyse, mesure, évalue et juge notre environnement ainsi que nos comportements et ceux de notre entourage en fonction de nos souvenirs, nos vécus et nos apprentissages. Elle correspond à ce que les Orientaux appellent le mental. La CAC renforce l'ego par un travail de comparaison aux autres ; nous pensons : « Je suis plus ceci, ou moins cela que mon voisin ou que ma voisine. » Cette évaluation incessante aboutit le plus souvent à des sentiments négatifs : la jalousie, la colère, la peur ou la haine. La CAC étant renforcée par les vécus et les apprentissages, elle sera d'autant plus importante que le sujet sera soumis à un enseignement long et directif. Les adultes ont donc une CAC plus développée que les enfants. Son activité est proportionnelle à l'activité cérébrale. Elle s'atténue pendant le sommeil, le coma, l'anesthésie générale et disparaît au moment de la mort clinique.

La conscience intuitive extraneuronale (CIE) est reliée à toutes nos perceptions extrasensorielles issues d'un champ d'information délocalisé émanant de différentes sources spirituelles. Si ces dernières viennent de l'esprit de défunts, on parlera de médiumnité ou de possession. Mais il peut y avoir aussi d'autres sources universelles responsables d'intuitions, d'inspirations artistiques ou scientifiques pour les grandes découvertes, de prémonitions, de voyances ou encore de visions à distance. Cette CIE nous relie au divin chaque fois que nous sommes dans l'amour inconditionnel. Deux individus peuvent entrer en communication télépathique par le biais de leur CIE. Comme le *Cloud* de nos ordinateurs, la CIE n'est pas matérielle, mais nécessite toutefois un récepteur moléculaire pour pouvoir s'exprimer dans notre monde ; en l'occurrence, nos propres cerveaux. La CIE ne disparaît pas au moment de la mort, celle des défunts peut être captée par le cerveau des médiums ou par les différents supports vibratoires utilisés en TCI. L'activité de la CIE est inversement proportionnelle à l'activité cérébrale. Elle est majorée pendant le sommeil, le coma, l'anesthésie générale et est à son apogée pendant la mort clinique.

Interaction de ces deux formes de conscience

CAC et CIE sont à la fois complémentaires et antagonistes. Complémentaires, car un individu ne pourrait évoluer dans nos sociétés sans sa CAC ou sa CIE. Nous avons besoin de nous situer dans le temps et dans l'espace tout en ayant une certaine rigueur d'analyse des situations. Une personne qui n'utiliserait que sa CIE nous semblerait totalement « flyée »[47] comme disent les Canadiens et finirait rapidement en asile psychiatrique. À l'inverse, celle qui serait dépourvue de CIE évoluerait dans la vie comme une sorte de robot et serait tout à fait incapable d'avoir le moindre sentiment d'empathie ou d'amour.

47. Terme qui signifie « à coté de ses pompes ».

L'antagonisme se trouve au niveau du blocage que génère la CAC sur la CIE. Les informations données par la CIE ne sont pas reconnues par la CAC car elles ne sont ni explicables ni rationnelles. Dans ces conditions, la CAC les exclut, elle les bloque et effectue une véritable censure. Si un individu a une CAC dominante, il n'aura pas accès aux informations de sa CIE. Comme on peut le constater, les chirurgiens médiums ne sont pas légion ! En revanche, les enfants qui n'ont que très peu de CAC, et donc beaucoup de CIE, jouent souvent avec des amis invisibles ou peuvent se souvenir de leurs vies antérieures. Ces facultés intuitives persistent jusqu'à ce que quelques années plus tard, vers l'âge de sept ou huit ans, la CAC prenne le dessus.

Pourquoi n'y a-t-il pas 100 % d'expérienceurs ?

Je suis convaincu que toutes les personnes qui reviennent d'un arrêt cardiaque ont une expérience à raconter et qu'il y a donc 100 % d'expérienceurs. Malheureusement, la CAC censure tous les récits que nous pourrions collecter. Dans la thèse de doctorat en médecine de François Lallier, nous avons présenté le cas d'un jeune homme qui, dans les minutes qui ont suivi son arrêt cardiaque, a pu décrire à sa mère une authentique EMP avec force détails. Quelques jours plus tard, il ne se souvenait plus de rien ; sous l'influence de sa CAC, son EMP avait totalement disparu. Nous n'avons pas pu inclure ce cas dans notre étude puisque seuls les récits directs étaient recueillis, mais il démontre que les informations trop dissonantes pour notre CAC peuvent être facilement effacées de notre mémoire. Il en est de même pour les rêves. Nous rêvons toutes les nuits, et même plusieurs fois par nuit. Pourtant, à défaut de noter immédiatement au réveil ce que nous pensons avoir vécu, nous ne gardons la plupart du temps aucun souvenir de ses périodes oniriques. Seules 35 % des personnes interrogées sont en mesure de raconter leurs rêves. Pour les 65 % restant, la CAC a fait le ménage ! En ce qui concerne les réveils de coma et d'anesthésie générale, ce nettoyage est encore plus radical puisque seuls respectivement 5 % et 2 % de personnes peuvent être assimilées à des expérienceurs. Différentes études montrent qu'il y a environ 18 % d'expérienceurs chez les adultes alors que 65 % des enfants vivent une EMP après un arrêt cardiaque[48]. Leurs témoignages se font sous la forme de dessins évocateurs ; des spirales colorées de jaune ou de rouge, des cercles noirs représentant des tunnels, un petit bonhomme planant au-dessus d'un lit d'hôpital ou flottant dans les airs pour traduire une décorporation. Des expressions d'enfant traduisent ces visions indicibles. Par exemple, un garçon de huit ans évoque « un monsieur qui s'éclairait tout seul » pour décrire « l'être de lumière » décrit par les adultes. La CAC étant beaucoup plus faible chez les

48. Morse M., *Des enfants dans la lumière de l'au-delà*, Robert Laffont, 1992.

enfants que chez les adultes, il n'est pas très surprenant d'obtenir dans cette population 3,6 fois plus d'EMP.

Pourquoi ne sommes-nous pas tous médiums ?

En état de veille, nous avons une activité électrique cérébrale située au-dessus de 14 hertz. À partir de cette fréquence seuil, la CAC inhibe la CIE. Or, comme nous l'avons vu précédemment, les contacts médiumniques ne s'effectuent que par l'intermédiaire de la CIE, c'est-à-dire quand la CAC est éteinte ou mise en sourdine. Pour un individu lambda, il est impossible de faire taire sa CAC en dehors des périodes de sommeil, d'anesthésie générale, de coma, d'hypnose ou d'arrêt cardiaque. Parvenir à un état de transe, de méditation ou d'autohypnose pour accéder à sa CIE n'est pas donné à tout le monde. Dès que notre réveil-matin sonne, notre CAC s'allume jusqu'à ce que, fatigués, nous nous rendormions quelques heures plus tard, pour une nouvelle nuit de sommeil. Dans une phase de pré-endormissement, juste avant de tomber dans les bras de Morphée où notre activité cérébrale chute en dessous de 10 hertz, nous passons par une étape intermédiaire voisine de 14 hertz et nous pouvons pendant ce laps de temps de quelques secondes entendre des voix chuchotées, voir apparaître des formes, des silhouettes humaines ou des visages alors que nos yeux sont clos. Ces formes, ces silhouettes, ces visages, ces chuchotements sont autant de signes venant de l'au-delà ; des messages médiumniques envoyés pour nous contacter. Les médiums parviennent à maintenir cet état de réception cérébrale en sollicitant leur CIE, tout en étant en mesure d'utiliser rapidement leur CAC pour nous restituer ce qu'ils ont reçu. Ces allers-retours successifs entre CAC et CIE sont difficiles à réaliser et très fatigants pour le médium. La cohabitation de ces deux formes de conscience durant les séances est subtile : un excès de CAC dénaturerait le message par l'interprétation des informations reçues, tandis qu'un excès de CIE empêcherait leur restitution dans notre plan terrestre. N'est pas médium qui veut, mais ce potentiel existe en chacun de nous. La médiumnité est une capacité humaine comme les autres ; simplement, comme le saut à la perche ou la pratique des langues vivantes, il existe des personnes plus ou moins douées pour l'exercer.

Comment fonctionne la médiumnité ?

Les CIE de deux individus peuvent se connecter par voie télépathique. Cette forme de conscience est immortelle, si bien que la CIE d'une personne désincarnée peut entrer en contact avec celle d'un proche vivant sur terre ou celle d'un médium. La CAC du récepteur cérébral entrera alors en fonction pour restituer l'information ; les cinq sens du médium pourront être stimulés. Les messages seront visuels : *clairvoyances* ; auditifs : *clairaudience* ;

olfactifs : *clairolfactance* ; gustatifs : *clairgustance* ; tactiles : *clairtactance*. L'esprit désincarné envoie des signes de reconnaissance qui peuvent être une image de son incarnation précédente, un message audible, l'odeur de l'eau de toilette qu'il utilisait ou celle du tabac qu'il fumait habituellement, la saveur d'un plat qu'il aimait particulièrement, ou un contact physique très spécial qui signera sa présence. Pour ce dernier message sensoriel, je me souviens du témoignage d'une jeune veuve qui, méditant seule sur la plage où le couple d'amoureux se rendait chaque été, sentit simultanément le parfum de son époux décédé ainsi qu'une pression nette au niveau de son cou et de ses épaules lui rappelant la façon dont il l'étreignait quand ils s'installaient à cette même place.

Comment fonctionne la TCI ?

La CIE n'est pas matérielle. Cependant, pour qu'elle s'exprime dans notre monde, elle doit avoir un support moléculaire, c'est aussi simple que cela. Nous venons de voir que le support est neuronal pour la médiumnité. En ce qui concerne la TCI, il s'agira d'écrans de téléviseur et d'ordinateur pour les images ou de bruits de fond enregistrés pour les messages audibles. La CIE des esprits désincarnés pourra ici aussi être bloquée par la CAC d'un ou de plusieurs participants. D'autre part, ces supports pourront être saisis par des mauvais esprits errants dans le bas astral. D'où la nécessité de s'entourer de précautions. Il ne faut pas pratiquer cette discipline n'importe comment, n'importe où, et surtout avec n'importe qui. Il faut préalablement penser à se protéger par des rituels de prières et être entouré de personnes rompues à ce genre de contacts. En dehors de ces conditions, cela peut être très dangereux. *Idem* pour les séances de oui-ja ou de spiritisme. J'ai vu des tables de oui-ja en vente dans des magasins de jouets, c'est une ineptie ! Contacter le monde des esprits ne saurait être un jeu de société comme le sont le Monopoly ou le Scrabble !

Les recherches fondamentales et appliquées

Trouver un concept ou proposer une modélisation qui permet d'expliquer des phénomènes nouveaux ou jusqu'alors inexpliqués est le but de toute recherche fondamentale. Cependant, pour qu'une découverte soit intéressante, il faut qu'elle soit validée par des applications pratiques qui, d'une façon ou d'une autre, auront une utilité plus ou moins importante pour l'ensemble de l'humanité. En toute logique, je me suis donc demandé comment ce concept de CAC et de CIE pouvait trouver une application concrète dans notre quotidien. En quoi cette hypothèse de fonctionnement de la conscience pouvait-elle nous aider ? Comment tester cette nouvelle théorie qui bouleverse le dogme matérialiste du « cerveau sécréteur de conscience » ? Quelles étaient les expériences à faire ? J'avais bien sûr imaginé quelques pistes à explorer, mais toutes nécessitaient un budget que je n'avais pas. Il fallait faire plus simple.

Ma première idée fut d'utiliser ma théorie pour trouver un certain apaisement devant les épreuves que nous devons affronter tout au long de notre court passage terrestre. J'avais en effet remarqué que les expérienceurs traversaient les événements difficiles de leur existence avec une exceptionnelle sérénité. Durant leur EMP, ils avaient expérimenté leur CIE et cela leur donnait par la suite une force hors du commun pour vaincre les pires épreuves de la vie. J'étais, et je reste aujourd'hui convaincu que la recette de cette faculté particulière se trouve dans la possibilité d'accéder facilement à sa CIE en se libérant de l'emprise de la CAC. Quelques mois de travail me suffirent pour éditer cette fameuse recette.[49] Il serait assurément dommage d'être obligé de faire un arrêt cardiaque et vivre une EMP pour vaincre les pires épreuves qui nous sont imposées. Cet ouvrage permet d'obtenir les mêmes résultats par des méthodes beaucoup plus douces qu'une mort clinique qui n'est hélas que très rarement réversible.

Ma deuxième idée consista à soumettre la CIE des comateux et des personnes placées sous anesthésie générale aux ressentis de médiums ayant déjà fait leurs

49. *Les 3 clés pour vaincre les pires épreuves de la vie*, Guy Trédaniel, 2013.

preuves dans leurs contacts avec le monde invisible. Ces investigations m'amèneront à devoir une nouvelle fois m'expliquer devant le Conseil de l'Ordre des médecins. Je détaillerai plus loin ces péripéties.

Enfin, ma troisième idée m'amena à inventer une technique qui montre qu'en libérant la CIE, nous avons tous en nous des capacités médiumniques insoupçonnées. C'est en effet en octobre 2013, lors de la tournée promotionnelle organisée par mon éditeur au Canada que débutèrent mes premiers ateliers de transcommunication hypnotique. On verra dans cette dernière application que les résultats obtenus dépassèrent largement mes espérances les plus optimistes.

Vaincre les pires épreuves de la vie par sa CIE

Les épreuves d'une vie sont multiples et variées. Elles sont plus ou moins intenses et les douleurs ressenties sont très subjectives. Bien qu'il n'existe aucune règle d'évaluation prévisionnelle – une simple dispute avec un ami pouvant pousser certaines personnes au suicide tandis que d'autres ne pleureront pas le décès de leur mère –, on peut toutefois admettre une certaine hiérarchie. Pour la majorité de nos contemporains, la perte d'un être cher est une épreuve bien plus difficile que celle de son emploi et se retrouver sans travail est plus désagréable que payer une amende.

En 1967, Thomas Holmes et Richard Rahe, deux psychiatres américains travaillant à l'université médicale de Washington, ont étudié les traumatismes subis par 5 000 patients. Ils ont ensuite établi des corrélations entre les stress vécus et certaines pathologies développées secondairement telles que l'infarctus myocardique, l'ulcère de l'estomac, les infections ou les désordres psychiatriques. Holmes et Rahe ont ainsi pu dresser une échelle de stress destinée à évaluer les répercussions des changements survenus au cours de l'existence. Cette échelle, graduée de 10 à 100 points, est utilisée pour calculer le niveau des épreuves traversées et déterminer la probabilité que la santé soit affectée au cours de l'année qui suit. Elle est basée sur 42 situations particulières survenues au cours des deux dernières années. Par exemple, la mort d'un conjoint est notée 100, le divorce est évalué à 75, le conflit avec son employeur à 23 et le paiement d'une amende ou d'un PV à 11.

La méthode que je propose permet de traiter aussi bien le stress noté 100 que celui à 10 ou 11 sur l'échelle d'Holmes et Rabe. Pour faciliter la démonstration, nous allons nous référer à la perte d'un être cher qui demeure pour la majorité d'entre nous la pire épreuve d'une vie. Bien sûr, tout ceci n'exclut en rien le chagrin éprouvé par cette terrible séparation – il est normal et humain de pleurer la disparition d'un proche –, mais une façon particulière d'envisager cette difficile situation peut conduire à un apaisement rapide et efficace.

Dès l'annonce du décès d'une personne qui nous est chère, notre CAC nous oriente vers une analyse personnelle. Par rapport au temps, nous serons dans la nostalgie du passé en pensant à tous les agréables moments désormais définitivement inaccessibles : « je ne connaîtrai jamais plus de tels événements avec elle ou lui, mais aussi dans l'angoisse du futur : que vais-je devenir sans elle ou lui ? » Par rapport à l'entourage, d'autres questions angoissantes se posent : « que vais-je représenter aux yeux des autres ? Mes amis, mes parents ne vont-ils pas me fuir ou espacer leurs visites de peur d'être confrontés à ma détresse et à mon malheur ? » On peut également éprouver une certaine colère vis-à-vis du défunt : « pourquoi m'as-tu quitté(e) ? Pourquoi m'as-tu fait ça ? » Tout ceci montre bien que la tristesse et la douleur ressenties sont essentiellement axées sur les manques, finalement, on pleure sur soi-même. Comprendre l'origine de sa peine est somme toute relativement apaisant, car on s'aperçoit très vite qu'il s'agit d'un sentiment égoïste principalement axé sur sa petite personne et son confort de vie. Il s'agit toutefois d'un comportement humain tout à fait normal et il ne doit en aucun cas être culpabilisant. Il serait bien entendu choquant de ne ressentir aucune tristesse. Par contre, une mélancolie excessive par sa durée ou son intensité pourrait aboutir à un état dépressif important jusqu'au déclenchement de graves maladies, voire mener au suicide. Et c'est encore la CAC qui participera à cette dérive en donnant de fausses solutions. Pour éviter qu'elle ressasse les mêmes éléments décrits plus haut, la personne endeuillée va élaborer des techniques de fuite pour la distraire. Ce sont en réalité de mauvaises solutions tout aussi préjudiciables pour la santé. Les conduites classiques de refuge dans l'excès de travail seront aussi délétères que d'autres addictions : alcool, drogues, jeux de hasard ou sexe. Pour éviter cet engrenage destructif, une seule solution : se couper de sa CAC afin de pouvoir se connecter à sa CIE.

En effet, la CIE permet de se détacher du temps (angoisse du manque et nostalgie) ainsi que de réaliser un véritable « egocide » (représentation sociale) tout en autorisant le pardon (pardonner le « mauvais tour » joué par celui ou celle qui est parti-e pour l'autre monde). La CIE est reliée à l'amour inconditionnel et au divin. Et c'est par ce biais que l'on pourra demander de l'aide à l'univers pour faire monter l'esprit de l'être cher dans la lumière. Un véritable dialogue télépathique pourra ainsi s'établir entre la CIE du défunt et celle du priant. L'esprit désincarné ne devra pas être retenu sur notre plan vibratoire par le chagrin excessif d'un proche. Les expérienceurs nous disent qu'ils étaient très malheureux de voir leurs proches pleurer sur une disparition qu'ils pensaient définitive. Constater que cette séparation est finalement acceptée est un profond soulagement pour celle ou celui qui part dans l'invisible.

Dans mon livre[50], je donne différentes techniques qui permettent de couper la CAC pour se connecter à

50. *Ibid.*

la CIE, mais celles-ci ne sont pas exhaustives. Toutes les approches méditatives permettent d'obtenir les mêmes résultats. À chacun de trouver celle qui lui convient le mieux en fonction de sa personnalité, de ses goûts et de ses aptitudes. Il existe une multitude d'ouvrages et de stages consacrés à la méditation. Je n'ai pas à me prononcer sur des choix particuliers. Je n'ai qu'une certitude : la pratique de la méditation est vitale dans le monde où nous évoluons. Il faut savoir se poser, et faire taire le vacarme envahissant de notre CAC au moins 10 petites minutes par jour. Dix minutes, ce n'est pas beaucoup, non ? Ces minutes-là ne sont pas du temps perdu. Bien au contraire, elles vous permettront de vivre mieux et plus longtemps. Elles vous donneront aussi la possibilité de vaincre les pires épreuves de la vie.

La télépathie avec les comateux

Selon mon hypothèse, dès que la CAC s'éteint, la CIE s'allume. Nous avons vu que cette situation se produit pendant le sommeil, le coma, l'anesthésie générale ou l'arrêt cardiaque. J'avais pu constater à maintes reprises que les médiums étaient capables de capter les informations de la CIE des défunts. J'avais d'autre part vécu moi-même deux expériences télépathiques avec des comateux. Je les ai précédemment détaillées. Compte tenu de ces éléments, une question m'obsédait : les médiums seraient-ils en mesure d'entrer en contact avec la CIE de personnes dans le coma ou sous anesthésie générale ? Si cela s'avérait possible, une communication pourrait s'établir avec des patients dans le coma. On apprendrait enfin ce qu'ils pensent de leur état, ce qu'ils souhaitent dire à leur entourage, et cela changerait du tout au tout la manière de les traiter. En effet, la plupart du temps, personne ne se soucie de l'avis du malade qui se trouve dans l'incapacité de communiquer ses ressentis. De façon générale, le comateux reçoit des soins attentifs ainsi qu'un traitement médical adapté à la pathologie qu'il présente, mais toutes les décisions le concernant sont prises sans qu'il soit en mesure de pouvoir intervenir en manifestant quoi que ce soit. Qu'a-t-il envie de dire à ces hommes et à ces femmes qui s'occupent de son corps de chair ? Ressent-il des douleurs ? Quel type de souffrances ressent-il et où a-t-il mal ? Que pense-t-il des thérapeutiques qui lui sont prescrites ? Quels messages souhaite-t-il adresser à son entourage, à sa famille ou à ses amis ? Souhaite-t-il se battre encore pour rester sur ce plan terrestre ou bien préfère-t-il partir pour l'autre monde ? J'imaginais déjà des procédures simples : trois médiums au chevet d'un comateux qui, sans se concerter, rendraient leurs résultats à un personnel soignant attentif. Je le dis et le répète inlassablement : les comateux ne sont pas des légumes ! Trop de réanimateurs le croient encore. Ce n'est pas parce que ces malheureux sont dans l'incapacité de communiquer qu'ils n'ont aucun ressenti. La CIE des comateux perçoit les soins prodigués, les pensées d'amour, le soutien des visiteurs, les prières d'intention ainsi que toute l'affection qui lui sont offerts.

Le tout premier test que j'ai réalisé et que je détaillerai plus loin fut tout à fait bluffant. Les résultats eurent un petit écho local relayé très vite par les réseaux sociaux. La nouvelle arriva aux oreilles attentives du rédacteur en chef de la revue *Inexploré*[51] qui décida de m'interviewer sur cette expérimentation inédite. Son article de deux pages au titre subversif, « Un médium à l'hôpital » (avril 2013), me valut néanmoins quelques ennuis. Des confrères portèrent plainte contre moi auprès du Conseil de l'Ordre des médecins pour conduite charlatanesque. Je risquais donc une nouvelle fois une période d'interdiction d'exercice ou, bien pire encore, une radiation définitive, toutes deux nuisibles à la suite de ma carrière. En fait, je n'eus même pas un avertissement. Après avoir recueilli mes très claires explications sur ces investigations inhabituelles en milieu hospitalier, mes pairs me jugèrent davantage en qualité de chercheur qu'en imposteur avide de pouvoir et d'argent. En revanche, l'effet boomerang joua puisque les docteurs mal intentionnés qui me traitèrent de charlatan risquaient désormais d'être eux-mêmes lourdement sanctionnés pour avoir tenu des propos anticonfraternels. Je remercie

---

51. Magazine trimestriel disponible en kiosque et sur abonnement. Fondé par Stéphane Allix et actuellement dirigé par Sébastien Lilli. Il traite différents sujets extraordinaires relatifs à la conscience, la psychologie, les sciences et le bien-être. Il connaît un succès croissant avec des tirages dépassant 100 000 exemplaires.

l'univers de m'avoir protégé afin que je puisse poursuivre mon travail car certains médecins reçurent une sévère condamnation ordinale pour moins que ça ! Toutefois, le souffle du boulet de canon qui venait de m'effleurer les oreilles me conduisit à prendre un certain nombre de précautions. Les remarques bienveillantes du Conseil de l'Ordre m'incitèrent à la prudence. Je décidai de m'entourer de l'avis autorisé d'un avocat spécialisé dans le droit des malades pour rédiger un protocole d'expérimentation. Je remercie ici Pierrette Aufiere[52] d'avoir réalisé tous les textes nécessaires à ces investigations. Effectivement, on ne fouille pas sans y être autorisé la conscience des comateux qui sont bien sûr dans l'incapacité de donner leur consentement éclairé[53]. Je ne vais pas détailler ici les documents juridiques qui permettent de le faire, ce serait trop long et fastidieux. Pour faire simple, les différents

52. Avocate honoraire au Barreau de Toulouse depuis 1976, médiatrice familiale depuis 1989, formatrice dans le cadre du diplôme d'État, entre autres, fondatrice du Centre de médiation patrimoniale et familiale. Elle œuvre également pour les nombreuses évolutions de la médiation familiale vers le patrimoine, les tutelles, la santé et les personnes vulnérables. C'est un des membres fondateur de l'Espace de réflexion éthique de Midi-Pyrénées (Ercmip).

53. Obligation contractuelle de la relation médecin-malade conduisant le médecin à présenter clairement au malade tous les risques et les avantages d'une conduite thérapeutique et/ou d'une expérimentation médicale. Cette information éclairante doit amener le consentement libre du malade. La jurisprudence a parfaitement défini quels étaient les enjeux pour le patient qui doit être en mesure de décider par lui-même s'il subira ou non les dangers inhérents à tout acte médical.

protocoles reprennent ceux qui sont rédigés pour les autorisations nécessaires aux prélèvements d'organes des malades déclarés en mort cérébrale. Puisque le patient concerné se trouve dans l'incapacité de donner son avis, c'est la personne désignée de confiance[54] qui prend le relais en autorisant ou pas les différents actes médicaux. En ce qui concerne les expérimentations menées sur les opérés placés sous anesthésie générale, les procédures sont plus simples puisque le consentement éclairé peut être facilement signé lors de la consultation d'anesthésie qui se déroule à distance de l'intervention programmée. Je propose ces tests avec beaucoup de tact et de prudence. Cette suggestion n'est faite que lorsqu'il s'agit de chirurgies bénignes. Il ne s'agit pas d'imposer cette pratique à quelqu'un qui est déjà dans le stress d'une future chirurgie mutilante ou très risquée. C'est au futur opéré d'en faire la demande. Je ne suis incitatif en aucune manière. Si lors de la consultation d'anesthésie, mon interlocuteur me parle spontanément de mes livres, de mes conférences ou de mon travail dans ce domaine, je lui indique mes recherches sur les capacités des médiums à communiquer

54. Depuis la loi du 4 mars 2002, un patient peut désigner une personne de confiance qui va l'accompagner dans un parcours médical. Il lui suffit de la nommer par écrit. La personne de confiance peut être un parent, un proche ou le médecin traitant. Elle peut aussi être révoquée à tout moment. Si le patient est hors d'état d'exprimer sa volonté, aucune intervention médicale ne peut être réalisée sans que la personne de confiance n'ait été consultée, sauf urgence, ou impossibilité de la contacter (article L1111-4 du Code de santé publique).

avec des opérés placés sous anesthésie générale. Et s'il me propose, sans que je lui conseille quoi que ce soit, de participer lui-même aux tests, je lui explique les détails de l'expérimentation et lui fais remplir ce fameux protocole d'accord.

D'autre part, notre code de déontologie nous interdit de favoriser l'activité commerciale d'un tiers par une publicité faisant état de notre statut de médecin. Étant donné que tous les médiums testés exercent leur art en touchant une rémunération de leurs consultants, je ne pouvais pas les désigner dans mes publications ou mes conférences. Ils resteront donc anonymes dans cet ouvrage.

Madame C. D. fut la première médium testée en bloc opératoire et en service de réanimation. À l'époque où je l'ai contactée, cette jeune femme était aide-soignante dans une unité de soins palliatifs. Elle a écrit en 2013 un livre sur l'accompagnement des âmes dans l'au-delà que j'ai préfacé avec grand plaisir. Dans cette biographie remarquable de sincérité, elle raconte l'anecdote que je rapporte ici.

Ce soir-là, C. D. procédait avec une collègue à la toilette mortuaire d'un patient récemment décédé lorsque l'entité de celui-ci se présenta à elle en lui demandant de ne pas oublier de lui mettre son béret et ses bretelles quand viendrait le temps de le préparer pour l'installer dans son cercueil. L'injonction du « fantôme » fut tellement insistante que C. D. en parla à sa camarade de travail. Cette dernière, pas spécialement ouverte à ce genre de confidences, se moqua sans aucune retenue des propos qu'elle venait d'entendre. Pour elle, les revenants n'existaient que dans les films d'épouvante et il lui était tout à fait impossible de croire aux perceptions de sa partenaire. Pourtant, quand elle reçut la famille venue lui remettre la housse qui contenait les habits du défunt, elle eut le souffle coupé en constatant qu'il y avait bien à l'intérieur... un béret et une magnifique paire de bretelles !

De toute évidence, C. D. était la personne toute désignée pour débuter la série d'expériences que j'envisageais de faire avec les comateux. Son expérience professionnelle lui permettrait d'évoluer facilement dans un secteur hospitalier qu'elle connaissait parfaitement et l'histoire de l'esprit du mort en bretelles et béret me prouvait qu'elle possédait des capacités pour dialoguer avec la CIE des défunts très rapidement après leur décès. Ce qui est loin d'être évident car de nombreux médiums reconnaissent être incapables d'entrer en contact avec une entité avant le sixième mois qui suit son départ dans l'au-delà. Elle accepta ma proposition avec enthousiasme.

Le premier comateux soumis aux investigations médiumniques de C. D. était un solide homme, de bonne condition de 60 ans. Trois jours auparavant, le malheureux s'était rendu aux urgences en raison de la survenue brutale de douleurs au ventre que son médecin traitant ne parvenait pas à calmer. Le scanner pratiqué sans délai avait mis en évidence la fissuration d'un volumineux anévrisme[55] de l'aorte abdominale. Ce diagnostic impose une opération rapide pour éviter une hémorragie mortelle à très brève échéance. J'avais endormi ce patient en catastrophe en sachant que ses chances de survie étaient très faibles. Malgré la dextérité du chirurgien qui avait réglé le problème en moins de 60 minutes, les trois litres de sang perdus pendant l'opération avaient lourdement grevé le pronostic vital. L'hypoxie cérébrale[56] secondaire à cette hémorragie massive avait plongé l'opéré dans un coma très profond jugé difficilement réversible. C. D. le trouva dans cette pitoyable situation quand elle pénétra dans son box de réanimation sans connaître le moindre détail de son histoire ou de son dossier médical. Que pouvait inspirer à un visiteur lambda, un sexagénaire totalement immobile sur un lit d'hôpital, relié à des câbles de monitoring et des pousse-seringues électriques, mis à part une certaine empathie et beaucoup de compassion ? Les seuls mouvements de ce corps presque sans vie étaient ceux d'une cage thoracique qui se soulevait vingt fois par minute grâce à un respirateur insufflant un mélange gazeux contenant 30 % d'oxygène. Le sparadrap qui fermait les paupières interdisait de lire dans les yeux du patient la moindre émotion humaine. Et pourtant !...

55. Malformation vasculaire secondaire à une dilatation localisée de la paroi d'une artère aboutissant à la formation d'une poche de taille variable.

56. Manque d'apport d'oxygène au cerveau.

Pourtant, C. D. qui n'était restée qu'environ cinq petites minutes en sa compagnie, sortit de cet improbable entretien avec une foule de renseignements. J'étais resté à l'extérieur pour ne pas la gêner, mais j'avais pu observer cette confrontation à travers la façade en verre. Elle était prostrée et semblait attentive. Elle hochait de temps en temps la tête, haussait les épaules ou levait ses mains au ciel avec de petits gestes d'impuissance bienveillante ou d'apaisement. C'était comme si une présence invisible lui parlait, une présence qui aurait la capacité de se balader tout autour du comateux, au-dessus de lui et sur les côtés.

C. D. ouvrit enfin la porte et me fit ses premières confidences. Elle avait l'air totalement épuisée. « Ouf ! Je n'en peux plus ! Je suis lessivée, vidée ! J'ai vu son entité et j'ai pu lui parler. Ce monsieur est très en colère. Il fait les 100 pas tout autour de son corps. Il est furieux. Il ne comprend pas ce qu'il fait là. Il m'a dit : "Je suis venu ici parce que j'avais mal au bide et maintenant je suis là. Qu'est-ce que je fous là ?" Je lui ai demandé s'il voulait rester en vie et il m'a répondu : "C'est quoi, cette question idiote ? Je veux sortir de là pour boire un coup et m'en griller une, c'est tout !" J'ai ensuite voulu savoir s'il avait quelque chose à dire à un proche ou à un membre de sa famille et il m'a dit : "Que dalle ! Je suis seul, je vis seul, je suis fâché avec toute ma famille et c'est très bien comme ça ! Je veux partir d'ici !" Il est très présent, il s'accroche à moi pour que je le fasse partir. Il pense qu'il est prisonnier.

Il me tardait de sortir de sa chambre, mais j'ai peur qu'il me suive… »

Les craintes de la médium étaient justifiées puisque l'entité du comateux s'accrocha à elle dans l'avion qui la ramena chez elle, ainsi que plusieurs jours après cette étonnante rencontre. L'esprit réitérait ses inlassables demandes pour être délivré de la prison où il pensait séjourner.

J'étais subjugué. C. D. avait validé des détails que je connaissais et qu'elle ignorait totalement. Le vocabulaire de l'entité était bien celui employé par l'homme que j'avais endormi quelques jours plus tôt et sa personnalité collait parfaitement avec sa description. « Le mal au bide », ça ne pouvait pas s'inventer ! Il m'avait parlé de la quarantaine de « clopes » qu'il fumait tous les jours et m'avait aussi avoué un alcoolisme chronique dont il avait bien du mal à se débarrasser. J'avais également appris par la suite qu'il vivait seul, sans famille et sans amis. Une femme qui habitait à proximité de l'appartement de ce patient haut en couleur, m'informa bien plus tard après la visite de C. D. qu'il s'était effectivement fâché avec son entourage, et que c'était son mauvais caractère qui avait fait fuir tout le monde. C. D. n'avait donc pas pu puiser ce détail dans mon cerveau par un phénomène télépathique puisque je l'ignorais totalement au moment de sa visite.

Mais l'histoire ne s'arrête pas là. La suite est tout aussi surprenante. Enthousiasmé par ces premiers résultats qui validaient mon hypothèse de contact médiumnique avec les comateux, je ne pus résister à l'envie de les partager sur ma page Facebook en précisant que le comateux était maintenant dans un état désespéré et que nous nous apprêtions à le débrancher de sa machine pour le laisser partir dans la lumière. Et là, miracle ! En quelques heures une chaîne de prières s'organisa spontanément pour demander sa guérison. Plusieurs dizaines de milliers d'internautes formèrent un égrégore[57] de pensées positives tous les jours à 20 heures. Coïncidence ou pas, l'état clinique du patient s'améliora de façon spectaculaire. Plus question de le débrancher. Contre toute attente, il se réveilla sans aucune séquelle. Quelques jours plus tard, il repartit chez lui ses valises à la main en maudissant les médecins qui s'étaient occupés de lui. Je me souviendrai toujours de ses dernières paroles : « Je ne sais pas ce que vous avez branlé, mais je suis sûr que vous avez merdé ! C'est pas normal de rentrer à l'hosto pour un simple mal au bide et d'en ressortir trois semaines plus tard avec une balafre de cinquante centimètres sur tout le bide ! Vous aurez bientôt de mes nouvelles ! » Nous n'avons plus jamais entendu parler de lui. Sa CAC, sûrement très développée, a dû tout effacer. Il n'avait manifestement gardé aucun souvenir de sa période comateuse.

57. Un égrégore est produit par un puissant courant de pensée collective. Lorsque plusieurs personnes se focalisent ensemble sur un même objet et avec une même intensité, ils développent une énergie commune. L'activité ainsi concentrée rassemble les intentions de chacun en une conscience collective qui semble porter le groupe.

L'expérience faite avec C. D. en bloc opératoire fut toute aussi probante que celle effectuée en réanimation. La première patiente testée était une jeune femme qui devait bénéficier d'une chirurgie simple et sans gravité. Une fois installée sur la table d'opération, je procédais à son endormissement sans aucun problème. En plus de la monitorisation habituelle pour ce type d'intervention, je pris soin de disposer trois électrodes sur son front pour mesurer l'activité corticale de son cerveau. C. D. se tenait à mes côtés, le dos tourné à mes écrans de contrôle. Dans cette position, il lui était totalement impossible de visualiser l'électroencéphalogramme (EEG) de la malade. Le chirurgien arriva en salle. Étant au courant des recherches que je menais sur les possibilités télépathiques des personnes dans le coma et sous anesthésie générale, il ne fut pas surpris outre mesure de la présence de la médium dans son bloc opératoire. Je fis des présentations rapides et C. D. salua timidement celui qui avait autorisé l'expérience. Toute l'équipe était maintenant en place, prête à commencer. J'injectai une nouvelle dose de narcotique. En moins de 30 secondes, juste à l'instant où l'EEG de la future opérée plongea en dessous de 4 hertz, soit au moment même où la CAC était la plus faible (et donc la CIE la plus forte), C.D. nous dit : « Ça y est, je l'ai ! » Elle sembla se concentrer davantage en mettant les doigts sur ses tempes et poursuivit : « Elle sait que son opération n'est pas grave, mais elle me dit qu'elle se fait quand même beaucoup de soucis... Elle se fait beaucoup de soucis... pour son fils... oui c'est ça, pour son fils car elle n'aime pas le laisser seul ! » Le chirurgien, stupéfait par ce qu'il venait d'entendre, manqua lâcher son bistouri. « Ça alors, c'est incroyable ! Vous avez raison, Mademoiselle. Je ne sais pas comment vous savez ça, mais ce que vous dites est vrai ! La femme qui est là ne voulait pas se faire opérer car elle a un grand garçon handicapé qui est son fils unique et elle ne pouvait pas le laisser seul. Nous avons dû changer trois fois la date de son opération à cause de ça car elle devait trouver quelqu'un pour le garder... Ça alors, c'est incroyable ! » En ce qui me concerne, j'ignorais totalement ce détail.

Une heure plus tard, en salle de réveil, j'interrogeais celle qui avait confié ses craintes à C. D. sous anesthésie générale, non, elle ne se souvenait pas avoir communiqué quoi que ce soit à qui que ce soit, non, elle ne pensait pas avoir pensé ou rêvé à son fils pendant son sommeil, non, elle ne gardait aucun souvenir de cette période d'inconscience totale. Pour elle, son anesthésie générale qui avait duré 45 minutes était un trou noir dans sa mémoire, 45 minutes de néant. Dès son réveil, sa CAC avait tout balayé !

Il y eut après ce premier essai avec C. D. d'autres tests réalisés avec elle mais aussi avec d'autres médiums. La plupart furent concluants et m'encouragèrent à poursuivre ces recherches. Je ne vais pas rentrer dans les détails de ces travaux car ils font l'objet d'une étude spécifique que je publierai plus tard. Certains contacts médiumniques avec les comateux m'ont toutefois plus impressionné que d'autres. Je pense par exemple à celui réalisé par F. H. un samedi matin. Cette médium ne resta que très peu de temps dans le box de réanimation d'une vieille dame qui était arrivée au stade ultime de son cancer du pancréas. Mais ce très court laps de temps fut suffisant pour que la comateuse lui communique l'heure et la date de son futur départ pour l'autre monde ainsi que sa lassitude de devoir vivre dans ces conditions. La date et l'heure du décès furent bien celles annoncées par F. H.

D. R. est un jeune médium d'outre-mer qui avait pris connaissance de mes activités « paranormales » sur les réseaux sociaux et qui profita de son séjour en métropole pour tenter cette fameuse expérience avec moi. Ce qu'il révéla à propos d'un patient comateux qui était hospitalisé en réanimation depuis 18 jours a de quoi faire tomber à la renverse le plus sceptique des médecins. En effet, le malade qui était incapable d'émettre le moindre signe par l'intermédiaire de son corps rentra en communication télépathique avec D. R. pour que celui-ci indique à son épouse l'endroit où il avait rangé un document important qu'elle cherchait depuis plusieurs jours. Et, vérification faite, la fameuse liasse de papiers jusque-là introuvable était bien à l'endroit où il l'avait située.

Autre personnalité et autre style de médiumnité, Madame M. S. rentre en contact avec les morts depuis sa plus tendre enfance. Malgré un look iconoclaste – anneau sur la narine et cheveux teints en bleu –, elle est assez timide ; en tous cas suffisamment pour ne pas vouloir faire publiquement état de son don. Ayant eu vent par une amie des tests que je menais, elle me contacta sans délai et nous convînmes d'un premier rendez-vous. Après plusieurs essais infructueux où aucune communication ne fut possible avec trois patients inconscients, elle se rendit dans le box d'un autre comateux qui insista lourdement auprès d'elle pour lui signifier la présence de douleurs violentes ressenties sur sa jambe droite. Un examen sommaire me permit de constater l'absence d'anomalie à ce niveau. Mais le malade voulait être entendu et désirait surtout que l'on règle son problème. Ses demandes réitérées restant sans réponse, il reproduisit ce qu'il était supposé ressentir sur la jambe droite de la médium qui, hurlant de douleur, me supplia d'approfondir les vérifications. Je ne pus que m'exécuter. Je prescris sans grande conviction un Doppler veineux des membres inférieurs. Cet examen révéla une phlébite profonde du mollet droit. Le comateux avait de bonnes raisons de souffrir et de s'en plaindre !

J'ai collectionné d'autres résultats moins spectaculaires mais tout aussi surprenants. Je les réserve pour un ouvrage qui sera exclusivement consacré à cette nouvelle façon de communiquer avec les comateux. Mais déjà, ces quelques exemples peuvent donner une petite idée de ce formidable champ d'investigation qui s'offre désormais à nous.

La transcommunication hypnotique (TCH)

L'automne 2013 me donna l'occasion de faire une autre découverte. Elle occupe, à l'heure où j'écris ces lignes, une bonne partie de mes recherches. C'est dire son importance. En fait, je la dois à la réflexion d'un de mes éditeurs, Guy Trédaniel, qui au cours d'un déjeuner me lança : « C'est très bien cette promo que vous allez faire au Canada pour présenter vos livres, mais je pense que les conférences, ça ne suffit pas, il faudrait trouver autre chose. »

Autre chose ? !! Jo Ann[58] m'a prévu une conférence tous les soirs dans une ville différente avec des émissions de TV et de radio dans la journée. « Je ne vois pas ce que je peux faire de plus », lui répondis-je. « Oui, c'est vrai, vous allez être bien occupé. Mais il n'empêche, les Canadiens, c'est comme les Américains. Je les connais bien. Ils aiment bien les conférences, mais il faut aussi les faire participer, les faire travailler pour qu'ils mettent en application ce

58. Jo Ann Champagne est mon attachée de presse lors de mes tournées au Canada. En plus d'être une charmante personne que j'apprécie beaucoup, elle est une professionnelle avertie et efficace. Elle fut l'attachée de presse de personnalités célèbres, Amélie Nothomb notamment.

que vous leur avez appris en conférence. Il faudrait leur faire un atelier. »

« Un atelier ? Mais un atelier de quoi ?

– J'en sais rien. Réfléchissez. Vous avez beaucoup d'imagination et de talent. Je suis sûr que vous allez trouver. Cet atelier pourrait clôturer votre tournée. Vous pourriez faire ça le dernier jour à Montréal par exemple… »

Dans l'avion me ramenant à Toulouse, je réfléchissais au challenge proposé par Guy Trédaniel. Comment mettre en application ce que je développe dans *Les trois clés pour vaincre les pires épreuves de la vie*, cette dissociation de la CAC et de la CIE que je présente dans mon livre ? Pour cela, il fallait faire un atelier où les participants pourraient accéder à leur CIE. Oui, mais quel moyen simple trouver pour bloquer leur CAC ? Je ne pouvais quand même pas les anesthésier ou leur arrêter le cœur ? Non, bien sûr, totalement irréalisable pour des raisons éthiques. Il est impossible de mettre en danger la vie des gens pour ce genre d'expérimentations, même s'ils sont volontaires. Alors, comment faire ? Comment bloquer cette CAC par une méthode simple et sans danger ? Je cherchais l'inspiration en regardant les nuages défiler. *Marie, s'il te plaît, aide-moi.* Mon voisin de droite s'était assoupi. Sur ses genoux, un magazine ouvert sur un article coloré de bleu et de noir m'interpella. Son titre interrogatif écrit en gros caractère me donna la réponse : « L'hypnose, la solution à tous vos problèmes ? »

Quelques semaines me suffirent pour me former aux méthodes d'hypnose employées par mes confrères anesthésistes. Ces techniques très accessibles ont été mises au point pour pratiquer des actes chirurgicaux sans injecter de produits anesthésiants dans les veines des patients. Et cela fonctionne formidablement bien pour certains actes tels que l'opération de la cataracte, des varices ou encore pour des ablations de la glande thyroïde. Le principe est simple. Il faut ramener la fréquence électrique corticale du cerveau de 21 hertz, qui est celle dans laquelle vous êtes en lisant ces lignes, à des zones voisines de 14 hertz afin que les suggestions faites par l'hypnotiseur deviennent les pensées de l'hypnotisé. La CAC étant bloquée, le patient n'aura plus aucune perception sensitive. Seule sa CIE sera active. La douleur ressentie par la CAC étant inhibée, l'opéré devient totalement insensible aux stimulations induites par le bistouri.

Après avoir trouvé la manière de couper la CAC des participants de mon futur atelier canadien pour avoir la possibilité de les brancher à leur CIE par une méthode sécurisée qui a fait ses preuves, il me fallait maintenant inventer un procédé pour les connecter à l'au-delà.

Je savais que l'esprit des défunts contacte souvent leurs proches restés sur terre par l'intermédiaire de médiums ou de différents supports physiques utilisés en TCI. D'autre part, les centaines de témoignages d'expérienceurs que j'avais recueillis faisaient très souvent état de relations télépathiques avec des parents ou amis décédés pendant l'EMP. Compte tenu de ces éléments, une solution s'imposait d'elle-même : la suggestion hypnotique ne serait ni un voyage rêvé ni une activité favorite comme on le fait pour les anesthésies chirurgicales sous hypnose, mais une EMP. Oui, c'est ça, une EMP « classique » avec la sortie de corps, le passage dans le tunnel, le contact avec la lumière d'amour et le retour sur notre plan terrestre. Le projet était donc bordé, ou presque. Je me sentais tout à fait capable d'organiser une séance d'hypnose telle que les réalisent mes collègues anesthésistes et de gérer n'importe quel problème médical éventuel qui pourrait survenir lors de ces expérimentations, mais subsistaient malgré tout de grosses inquiétudes qui pouvaient me faire renoncer à réaliser ces séances. Bien que m'intéressant depuis plusieurs années aux phénomènes relatifs à l'au-delà, je ne suis pas un véritable spécialiste de la question. La CIE des participants serait-elle soumise aux sollicitations du bas astral ? Est-ce que les esprits des défunts qui se présenteraient aux participants de cette manière seraient-ils tous bien intentionnés ? Est-ce que les révélations données par le monde invisible étaient toutes bonnes à « entendre » ? Existait-il un risque de possession ? Il me fallut encore trois bons mois de recherches et de lectures pour résoudre cette problématique que je jugeais rédhibitoire.

Je pris conseil auprès de plusieurs médiums que je connais et de deux spécialistes reconnus qui pratiquent des exorcismes de façon sérieuse. Une série de synchronicités me permit d'obtenir sans effort toutes ces rencontres capitales. La facilité déconcertante avec laquelle je pus dialoguer longuement avec eux sur ce sujet me démontrait que j'étais sur la bonne voie. Par exemple, un médium très connu, avec un agenda aussi garni que celui d'un Premier ministre, me reçut à l'improviste sans rendez-vous chez lui et me dit en m'accueillant : « Je devais partir ce matin, mais mon guide m'a dit que je devais rester chez moi car j'allais recevoir une visite importante ! » Je ne saurai comment remercier tous ces médiums et toutes ces personnes qui m'ont aidé à réaliser mon projet, mais il faut qu'ils sachent que sans eux je n'aurai jamais été en mesure de le concrétiser. Grâce à tous ces conseils, plusieurs précautions indispensables furent ajoutées à mon protocole. Avant chaque atelier, je fais une prière pour demander toutes les protections nécessaires. En particulier, j'exhorte l'aide du Padre Pio, j'ai toujours sa médaille avec moi puisque pas mal de personnes disent l'avoir vu à mes côtés pendant mes conférences. Je ressens sa protection et elle me met en confiance. Cette médaille me fut offerte avec la prière qui l'accompagne par Michèle Riffard en octobre 2012. Cette médium réputée, partie pour l'autre monde dans la nuit du 4 septembre 2014 à l'âge de 93 ans, me remit ce cadeau avec ce petit rire moqueur qui faisait tout son charme : « Tiens, c'est pour toi, tu vas en avoir besoin. Tu vas bientôt faire de grandes choses pour contacter l'invisible et tu dois être protégé. » *Contacter l'invisible ?!! Moi ?!! Hum...* J'avais mis sa prédiction, que je pensais totalement fausse, sur le compte de son grand âge car je ne me voyais certainement pas faire ce genre de contacts ! Et pourtant...

Outre mon rituel, au cours de chaque séance d'hypnose, je réserve deux petites minutes pour que chaque participant puisse faire une prière de remerciement quand je le place dans la lumière d'amour inconditionnel. La phase de sortie de corps est précédée d'une suggestion d'ancrage où le sujet hypnotisé doit ressentir son corps terrestre solidement fixé au sol par les pieds après avoir effectué un transfert énergétique des sept chakras. Le septième chakra situé au sommet du crâne, appelé aussi coronal, est ouvert en début de séance pour établir les contacts avec l'au-delà et refermé à la fin. Le voyage hypnotique démarre dans le ciel étoilé de la dimension humaine pour passer dans le ciel cristallin du monde spirituel où les contacts éventuels sont établis avant de se rendre dans le ciel empyrée de la dimension divine pour prier. Ces trois ciels, ces trois dimensions, sont évoqués dans de nombreux textes sacrés[59].

Voilà, il ne me restait plus qu'à mettre en pratique cette invention où chaque participant aurait peut-être l'opportunité de recevoir des informations de l'esprit d'un proche passé dans une autre dimension. Par analogie avec la TCI, je décidai de baptiser TCH, transcommunication hypnotique, ce nouveau mode de dialogue avec l'au-delà.

---

59. De Ferluc T., *L'univers et l'homme,* soc. Create Space USA, 2016.

Je l'écris sans forfanterie, ce premier atelier fut une véritable réussite et je fus le premier étonné de ses excellents résultats. La plupart des participants eurent un ou plusieurs contacts avec leurs proches décédés. Je fis la connaissance de Jean-Charles Chabot, le leader de l'hypnose spirituelle dans le monde francophone[60] qui m'avoua que cette séance fut pour lui l'une des plus émouvantes et des plus puissantes de sa vie. Une femme nous confia très émue qu'elle souhaitait obtenir un contact avec son mari récemment décédé et, alors qu'elle avait prié pour cela plusieurs jours avant notre rendez-vous, c'était l'esprit de son défunt père qui s'était présenté à elle. Celui-ci était venu lui demander pardon pour une chose qu'elle ne souhaita pas exprimer en public. Cette veuve pleura en nous racontant cela car elle ne s'attendait pas du tout à cette confrontation spirituelle.

Depuis cette journée du mois d'octobre 2013 à Montréal, j'ai hypnotisé plusieurs centaines de personnes en TCH. Au fil du temps, ma méthode s'est perfectionnée. Grâce à l'équipe de Marc Leval[61], chaque

---

60. Jean-Charles Chabot est le fondateur de l'Institut international d'hypnose spirituelle (IIHS). Il a été formé par plusieurs sommités dans le domaine, dont le Michael Newton for Life between Lives Institute, l'International between Lives Regression Network, le Brian Weiss Institute, Dolores Cannon, Tom Silver et le Banyan Institute. Il a également eu le privilège d'être formé par Anthony et Freddy Jacquin, leaders en Angleterre en thérapies brèves.

61. Journaliste d'investigation qui travaille actuellement à Sud Radio

participant, confortablement installé sur un fauteuil relaxant, dispose d'un casque audio haute définition qui le relie à ma voix avec en fond sonore la musique de Steve Roach savamment dosée par un assistant technique qui actionne une table de mixage. Ce compositeur américain de musique électronique est, selon mon ami expérienceur Gilles Bédard[62], le seul artiste parvenu à recréer l'ambiance sonore vécue lors de son EMP. Dix ans après son expérience, l'écoute de l'album *Structures from Silence* « le replongea instantanément de l'autre côté », dit-il avec un grand enthousiasme communicatif lorsqu'on l'interroge sur ce choix. À la fin de chaque séance, les participants remplissent anonymement un questionnaire détaillé avec des cases à cocher. Plus de 65 % obtiennent un contact avec leurs défunts lors de leur TCH ! Sur les 35 % restant, beaucoup m'écrivent pour me dire qu'ils ont eu un contact différé après la séance, soit sous forme de rêves ou de synchronicités. On peut donc dire que ces ateliers permettent de mettre en relation notre monde avec l'au-delà dans plus de 70 % des cas. Et, comme on peut s'en douter, ils sont d'un puissant réconfort quand on est dans la douleur d'un deuil.

---

où il reçoit chaque jour des personnalités qui font l'actualité. Il est aussi un organisateur dans l'événementiel axé sur le paranormal et la médiumnité ; voir www.abctalk.fr

62. Gilles Bédard est musicien, conférencier et écrivain. Il fut durant plusieurs années président de IANDS Québec.

Les 35 % des participants qui n'obtiennent pas de contacts pendant leur hypnose sont évidemment déçus, mais leur démarche ouvre malgré tout une porte sur l'invisible et les signes qui leur sont secondairement envoyés les remplissent de joie. Je rapporte par exemple ici, et avec sa permission, le mail de Sophie Magnien.

« Bonsoir, Dr Charbonier,

J'ai eu la chance de participer à l'atelier TCH du 14 avril alors que nous étions en vacances en famille près de Toulouse. Malheureusement, je fais partie de ceux qui n'ont pas réussi à suffisamment lâcher prise pour aller à la rencontre des défunts. Malgré tout, j'ai profité de ce moment pour penser très fort à mon frère, décédé le 6 avril dernier d'un accident de moto. Et, comme vous l'aviez indiqué lors de l'atelier, l'expérience n'a pas pris fin en sortant de la séance ! Le lendemain de l'atelier, alors que nous rentrions chez nous à Chambéry, j'ai allumé la radio de la voiture. La radio s'est allumée sur France Inter. Comme je n'ai pas l'habitude d'écouter cette radio, j'ai immédiatement lancé la recherche d'une autre station sans prendre le temps d'écouter la musique qui passait. Et de nouveau, je tombe sur France Inter. Ce coup-ci, j'entends des notes qui me parlent : celles de *Nothing Else Matters* de Metallica, la chanson que nous avons passée à l'enterrement de mon frère ! Une fois la chanson terminée, je m'apprête à changer de station, mais mon mari me demande de la laisser. Voici les propos de la commentatrice : “C’est drôle, je connais bien cette chanson mais je n’avais jamais fait attention à cette phrase : ‘*So close no matter how far*’, si proche malgré la distance !” Évidemment, je me suis mise à penser à vos paroles sur les synchronicités qui se produisent après vos ateliers. Et là… nous avons croisé un poids lourd où il était écrit en énorme sur toute la surface de la remorque : “Julien”… le prénom de mon frère !!! Pour moi, il est clair que ces trois éléments en l’espace de deux minutes constituent un message de la part de mon frère. J’ai également rêvé de lui cette nuit, soit une semaine jour pour jour après l’atelier. Un très beau rêve puisque nous étions en famille avec mes parents et mon frère. Il venait nous prévenir que c’était notre dernière soirée ensemble car il allait mourir le lendemain matin. Nous avons donc profité de ce moment pour lui dire combien nous l’aimions, nous serrer dans les bras et nous dire au revoir. Enfin, c’est le souvenir que j’en ai après le filtre de ma conscience analytique[63] ! Voilà, j’espère que mon retour d’expérience vous sera utile pour vos recherches. Un grand merci pour votre travail, vos livres sont d’un grand soutien pour de nombreuses personnes en situation de deuil. »

De nombreux médecins participent à mes ateliers. Voici un retour pour le moins surprenant :

63. Avant chaque séance d’hypnose, j’expose aux participants mon concept de CAC et de CIE.

« Cher confrère, je dois vous dire la vérité. Je suis venu à votre séance d'hypnose, plus par curiosité que dans l'espoir de rentrer en contact avec mon épouse décédée il y a deux ans d'un glioblastome[64] qui l'a tuée en quelques semaines. Je faisais partie de la minorité des personnes qui n'ont obtenu aucun contact pendant l'atelier et, à dire vrai, cela ne pas vraiment étonné. Je ne pensais pas qu'il soit possible de contacter les esprits pour la bonne raison que je ne crois pas à l'existence d'une vie après la mort. J'ai rempli votre questionnaire et j'ai donc coché "non" sur beaucoup de cases en indiquant que je n'étais pas satisfait de cette séance. Je suis rentré chez moi avec le sentiment un peu amer de m'être fait avoir en participant à votre soirée. J'ai vite changé d'avis, car dans ma chambre, assise sur mon fauteuil et face à mon lit, mon épouse m'attendait. Je l'ai vue comme si elle était vivante. Elle était avec sa robe bleu clair et son collier que je lui avais offert pour un anniversaire. C'est dans cette tenue qu'elle a été incinérée. J'ai failli m'évanouir. Elle m'a dit : "Tu vois, il suffit de m'appeler avec ton cœur pour que je sois là, avec toi." Elle adorait les surprises et adorait les blagues. Elle avait ce petit sourire en coin que je lui connaissais bien. Elle était resplendissante. Je me suis avancé vers elle en lui tendant les bras et elle a disparu aussitôt. Je ne suis pas encore prêt à raconter cela à n'importe qui, même pas à mes propres enfants ! Je ne saurai pas vous dire à quel point votre atelier m'a aidé à comprendre ce qu'est la

64. Tumeur maligne du cerveau.

mort. Un immense, immense, immense merci. Vous avez changé ma vie. Confraternellement. »

Tout aussi surprenant, ce mail envoyé par un médecin qui s'inquiète que l'une de ses patientes soit devenue médium après avoir assisté à un de mes ateliers.

« Cher confrère, dans le cadre de vos recherches, je souhaiterais vous faire part d'une expérience vécue avec une de mes patientes. Il s'agit de Mme L. K., 43 ans, mariée et mère de deux enfants. Elle a suivi l'un de vos ateliers à Toulouse et aurait depuis développé une sorte de “faculté” à communiquer avec les défunts, et ce à plusieurs reprises, semble-t-il. Bien que très sceptique, j'ai pu notamment constater qu'elle a été capable de me décrire la quasi-totalité des objets que j'avais mis dans le cercueil de mon bébé décédé il y a près de neuf ans. D'autres manifestations très troublantes m'ont par ailleurs été rapportées. En accord avec elle, je me permets de vous contacter car elle ne sait comment appréhender ce phénomène qui me laisse pour ma part sans réponse. »

Pour clore ce chapitre, voici quelques extraits de témoignages choisis parmi les nombreuses personnes qui ont eu un contact avec leurs défunts pendant leur séance d'hypnose.

« J'ai eu un contact avec plus de deux esprits. Plusieurs membres de ma famille se sont présentés spontanément alors même que je ne pensais pas à eux. Plusieurs esprits d'animaux décédés se sont aussi présentés spontanément. Un esprit humain m'a donné une information sur un problème de santé dans mon corps. »

Thérapeute, 51 ans

« J'ai été accueilli par mon chien qui me faisait la fête. J'ai vu un avion qui décollait[65] quand nous sommes montés quasi tous ensemble dans le ciel étoilé. Certains par petits groupes, d'autres seuls. La première personne que j'ai vue est mon maître spirituel, un hindou qui m'a immédiatement dit d'ouvrir mon cœur. C'était très émouvant. Nous sommes redescendus presque tous ensemble, certains en groupe qui se donnaient la main, d'autres seuls. J'aurais souhaité passer un peu plus de temps dans la lumière d'amour inconditionnel. La musique est très bien choisie. »

Maître Reiki, 50 ans

« En premier, j'ai eu un contact fugace avec mon mari décédé qui a passé un bras autour de mon épaule. Je lui ai demandé comment je pouvais faire pour me reconstruire et il m'a répondu de faire confiance. Je lui ai dit : "Mais ça fait si longtemps" et il m'a répondu : "Le temps n'existe pas".

65. Cet atelier s'est déroulé à Toulouse près de l'aéroport de Blagnac.

Ensuite, je voulais être en contact avec ma maman et c'est mon papa qui est apparu. Je lui ai dit : "Je t'avais oublié, ça fait si longtemps" et il m'a répondu : "J'ai toujours été là". Je lui ai demandé comment je pouvais à nouveau être en contact avec lui et il s'est envolé en me disant : "Regarde il faut juste de la légèreté et lâcher prise". »

Enseignante retraitée, 64 ans

Je reçois également des courriers plus détaillés des séances. En voici un émouvant écrit par David Mardenalom, un chirurgien dentiste de 31 ans.

« Mon corps entier se détend. Je me rends compte combien une posture simple d'un homme assis comprend de nombreuses contractions musculaires. Je me fais mou. Mais pas lourd. J'ancre mes pieds dans le sol. Je sens, je visualise des racines qui s'enfoncent dans le sol. Une lumière orangée comme un soleil remonte de mon coccyx à mon cerveau en remontant à mon rachis. Je le visualise et le ressens. Je ne vois pas un cerveau mais une tête où mon esprit fusionne avec cette lumière orange. Je me sens là, mais je ne sens plus vraiment mon corps. J'oublie mon corps. Je ne suis plus qu'un esprit. Je suis entouré d'une bulle, je suis cette bulle et rapidement, c'est cette bulle autour d'une lumière orange qui monte au-dessus de mon corps. Je m'échappe de ma tête par le haut. Je suis au-dessus de moi. Je m'échappe, je suis au-dessus de nous, puis au-dessus du bâtiment, je vois les lumières de la ville, je vois l'île[66], et là la terre s'éloigne vite. La terre s'éloigne pour devenir un ballon, une bille bleue, et disparaît au loin. Je ne vois nul autre que moi. Je ne me demande pas où sont les autres. À quelques reprises, je sens ma conscience analytique essayer de revenir. Je la renvoie, je m'en détache, je sens qu'elle est la dernière ficelle qui me rattache au siège sur lequel je me suis assis dans cette salle. Je la sectionne, je prends la décision de ne plus en prendre. Je pars. Je suis loin. Je ne pense plus. Je ne réfléchis plus. Je ressens juste. Je suis perdu dans un univers tout noir. Votre voix est lointaine, mais joue le rôle de fil d'Ariane. Je ne suis pas paumé, c'est comme un rêve semi-guidé. Je vous entends parler d'étoiles et d'obscurité. Je vois scintiller ça et là des milliers de lucioles au loin. Des petits points lumineux, et je monte encore, je vole, je suis haut. Je vous entends nous demander de visualiser quelqu'un de décédé que l'on voudrait voir. Alors je pense à ma mère, uniquement à elle. À son visage, à son corps sur le lit d'hôpital. Je la vois. Je visualise nos échanges, nos petites blagues à nous pincer sous la table… et le noir devient lumière, douce mais d'une blancheur parfaite. Je suis ailleurs. J'ai pris un tunnel vers le haut. Le noir a disparu sans que je m'en rende compte. Devant moi sur la gauche, je vois arriver en courant une forme qui se dessine dans cette blancheur. Le trait est d'un jaune orangé.

66. Cet atelier s'est déroulé sur l'île de la Réunion.

Comme fait de la lumière du soleil. Des couleurs vives mais qui ne brillent pas. C'est comme si je dessinais dans du lait avec du sirop ou du safran. Une petite silhouette se rapproche. Une grande la suit. Je me vois me demander ce que c'est. Qui est-ce ? Et je vois mon chien et ma mère s'avancer vers moi. C'est étrange. Je m'attendais à voir mes deux parents et je les vois s'avancer vers moi. Tout sourire. Rien n'est sous mon emprise. Je vis le moment. Ils sourient et dansent, tournent autour de moi, ne veulent pas s'arrêter. Je suis au milieu. Ça tourbillonne mais dans une atmosphère si sereine. C'est comme un désert sans sol ni ciel, comme du lait sans liquide, comme des nuages sans début ni limite. C'est comme un désert plein d'amour et de félicité. Et se dessine alors une petite table faite de perles de nuages. On s'y assoit. Et alors je me demande que dire, par où commencer. Par le même chemin arrive mon père, souriant. Il nous rejoint et c'est lui qui le premier me prend dans ses bras en passant devant ma mère. C'est fort, ça me rappelle des sensations que je connais bien mais que je n'ai pas ressenties depuis longtemps. L'espace d'un moment, je me rappelle que mon père était plus démonstratif que ma mère. Je la vois se mettre à son niveau. Elle me fait face. Me regarde longuement. De la tête au pied. Elle cache son sourire avec ses mains. C'est la même photo que celle que j'ai à la maison. J'avais un an et demi. Je me tenais debout sur mon espace de bain, habillé avec un petit pantalon à pinces avec un polo blanc, j'avais les mains dans les poches. Elle me regardait fixement et souriait. Elle me contemple avec ce même regard comme si on ne s'était pas fait face depuis longtemps. La dernière fois que je lui ai fait face, j'avais 17 ans. J'en ai 31. Elle me prend finalement dans ses bras et me serre fort. On se pose tous les trois autour de la table. Et mon chien s'éloigne *via* un tunnel au loin en courant. Les questions tourbillonnent dans ma tête. Les mêmes qu'on peut s'imaginer poser à un mort, et bien plus encore. Et je les vois sourire en continu. Je me vexe presque. Mais comment vont-ils ? Est-ce qu'ils nous voient ? Et que pensent-ils de nous ? Leurs sourires laissent place à des réponses. Je n'ai pas le souvenir de sons pour autant. J'arrive pourtant avec certitude à savoir ce qui se dit. C'est bizarre. C'est comme si les réponses sont dans l'air, dans cet air où tout se sait. Comme s'il n'y avait qu'à cueillir les réponses autour de nous. Les voici : "Il n'y a pas de questions importantes dans tes mots. Rien n'est grave, ce n'est pas grave. Laisse aller et venir les choses. Vis, vis et vis encore. On vous voit, on est à vos côtés tous les jours. Il n'y a pas mille questions à avoir, et si jamais tu dois quand même t'en poser, on est là et tu le sais très bien. On fait partie de vous. Chacune de vos décisions, vous savez déjà ce qu'on en pense. On est dans tout ce que vous faites. On est un peu de vous. Et vous êtes un peu de nous. Mais tout va bien. On va bien. Vivez. Vivez vos vies sans attendre. Sans crainte ni honte. Vivez les choses à fond. Vivez car il n'y a rien d'autre qui vous soit demandé." Mais vous me voyez ? Et ça va ? Ma vie vous convient ? Je n'ai pas fait d'erreurs ? Je ne me suis pas trompé ? Vous avez un message ? Quelque chose de grave à me communiquer ? Je suis frustré de ce détachement, de cette simplicité du moment. De leur évidence en fait. Comme on regarde un enfant qui vous pose une question à laquelle il a déjà une réponse. “Bien sûr qu’on vous voit, qu’on est là, et tout cela n’a pas d’importance. Il n’y a rien de grave dans tes choix. Ils sont tous bons. Tant que tu vis les choses, tout ira. Nous te voyons, nous voyons tes frères, nous voyons Louis (leur premier petit fils de huit mois qu’ils n’ont pas connu) et il a quelque chose de son grand-père. Je descends l’embrasser chaque jour sur ses grosses joues. L’important c’est de ne pas vous perdre. De rester qui vous êtes au plus profond de vous. Ne vous mentez pas, ne vous travestissez pas. Vivez votre vie en étant purement vous.” Face à cette ordonnance de lâcher prise, à cette obligation de vivre, d’autres questions me viennent... Et mes frères ? Et ma vie sentimentale ? A-t-on choisi des compagnes qui nous conviennent ? Sommes-nous sur le bon chemin ? “Rien de grave dans vos choix. Poursuivez votre chemin. Continuez à vous aimer, restez soudés. Rien ne vous sépare et plus que toi encore, il faut qu’ils vivent, qu’ils ne s’interdisent plus rien, qu’ils vivent tout simplement en toute fluidité sans se morfondre ni trop réfléchir.” Et mon projet à la maison ? Il vous va ? Vous auriez voulu ça ? Et ça va marcher ? Ils se regardent tous les deux.

“Tu sais ce qu’on en pense. Tu sais que tu ne l’aurais pas entrepris sans cela. Tu sais qu’on approuve, que nous sommes toujours convaincus que quoi que tu entreprennes, cela fonctionnera et que tu iras au bout." Ils sourient, heureux de me voir avoir trouvé ce chemin et savoir que je peux y revenir quand je le souhaiterai.

Votre voix m'emmène loin d'eux soudainement. Je n'ai pas de notion de temps. J'ai l'impression qu'on s'est dit beaucoup, mais pas assez, trop vite. On est dans un autre tunnel qui m'éloigne d'eux. Mon chien réapparaît et me suit. C'est celui qu'il a emprunté tout à l'heure. Une lumière vive apparaît. Elle est précise, comme au bout d'un entonnoir. Je vois un visage se dessiner. Comme le Saint-Suaire. C'est bizarre, presque familier. Il me sourit. Je demande pourquoi je ressens sa présence et il me répond qu'il est toujours là. Que c'est à moi de rester ouvert à ses paroles, à ses signes. Vous nous demandez de faire des prières si on le souhaite mais je n'en ai pas vraiment à formuler. Je pense à mes grand-mères, à mes frères, à ma compagne, à ma famille. Je demande que tout aille bien pour eux. Et je redescends dans le tunnel. Je suis face à mes parents et je leur touche la main, je touche mon chien et je redescends. C'est bizarre. Comme une drogue dont je sais l'importance et la nécessité de m'éloigner. Je sais que chacun doit avoir son domicile. Je sais que c'est un monde derrière le rideau qui est accessible mais que ce n'est pas ma place. Pourtant, c'est grisant. C'est plein d'amour. Et rien n'est important. Tout est sans aspérité. Sans angle. Sans mal. Je suis de nouveau dans l'obscurité. Je redescends encore. Je suis au milieu des étoiles. Je vois la terre, l'île, la ville, le bâtiment. Je flotte au-dessus de la quarantaine de personnes de notre groupe. J'ai toujours les yeux fermés mais je vous vois dans un coin de la salle. Je reprends contact avec mon corps. La lumière redescend dans mon rachis. S'éteint à mon coccyx. La vigueur revient dans mes muscles, dans mes membres. J'ouvre les yeux dans un flash. Mais finalement, je les referme. Mon corps se réveille. Puis j'ouvre à nouveau les yeux. Le temps file à toute allure. Pour ne pas entendre le récit des expériences des autres qui commencent à vous parler, je plonge dans mon téléphone pour y noter tous mes souvenirs. Il nous faudrait plus de temps pour digérer dans le silence cette expérience avant de la partager[67].

Pour le reste, je n'espérais rien, mais j'ai eu beaucoup plus que ce que je pouvais l'imaginer. Comme le voyage rêvé *all inclusive*. Merci à vous. »

---

67. Depuis cet atelier, je laisse toujours les participants dans le silence pendant quatre à cinq minutes à la sortie de leur état hypnotique.

Trente et un ans après la chose

L'AUTRE VERSANT DE LA VIE, la première pièce de théâtre axée sur l'histoire d'un personnage ayant vécu une EMP s'est jouée en avant-première au théâtre Clavel à Paris, le 11 janvier 2014, en présence de ses quatre parrains : Sonia Barkallah, la célèbre expérienceuse Nicole Dron[68], l'ancien ministre Jacques Barrot et moi-même. J'ai beaucoup apprécié le jeu des acteurs, la mise en scène et le texte d'Ode Pactat Didier[69], l'auteure de cette belle histoire, en particulier lorsque l'expérienceur parle de sa mort provisoire. J'étais particulièrement fier et heureux de constater que le terme « provisoire », plus précis et plus correct, remplaçait chez certains l'adjectif « imminent » pour désigner cette incursion dans l'au-delà. Je crois savoir que *L'autre versant de la vie* va bientôt être joué au Canada, en Suisse, dans d'autres pays francophones, et aussi dans nos grandes villes de province. Si vous en avez l'opportunité, je vous invite à assister à ce grand moment de théâtre rempli d'émotion, d'humour et de tendresse. Vous ne le regretterez pas.

---

68. *45 secondes d'éternité : mes souvenirs de l'au-delà*, Kymzo, 2009.
69. *Les coquelicots bleus*, Cygne d'O, 2015.

À la sortie de cette représentation, j'échangeais quelques mots avec Jacques Barrot. Il me lança en s'éloignant au milieu de journalistes qui souhaitaient l'interviewer au sujet de la pièce : « C'est très bien, vos groupes de prières, j'ai suivi ça, c'est très bien, il vous faut continuer ! » Il fait donc partie de mes amis Facebook ! Incroyable…

On me reparla de ce groupe de prières qui s'était mis en place spontanément pour la guérison du comateux dont j'ai relaté l'histoire dans le chapitre précédent, trois semaines plus tard, lors du forum européen de bioéthique de Strasbourg. À cette occasion, je m'aperçus que nombre de scientifiques de renom appréciaient mon travail sans oser l'avouer, de peur d'être discrédités. L'un d'entre eux me dit : « Bravo, vous êtes courageux, vous faites bouger les choses. J'ai beaucoup aimé votre intervention sur les expériences de mort provisoire tout à l'heure. C'était très clair. Mais je pense que vous devriez aussi parler de ce groupe de prières que vous avez créé, ça aussi c'est important. » Comment ? Ce professeur de médecine est aussi au courant ? Il n'y a eu pourtant sur mon profil Facebook qu'une unique invitation à prier pour une seule personne : le fameux patient qui, contre toute attente, était revenu de la mort après son « mal au bide ».

Une autre occasion de réactiver mon réseau de priants me fut donnée au début du mois d'août de cette même année. Didier van Cauwelaert, avec lequel j'avais enregistré quelques semaines auparavant une émission sur RTL[70] pour parler des EMP et du cas du comateux sauvé par les prières évoqué dans son livre[71], me sollicita à propos d'une enfant de quatre ans qui était dans un état désespéré. La petite Zoé était plongée dans un profond coma depuis plusieurs jours. À la suite d'une insolation, elle avait inhalé son vomi et son cœur s'était arrêté pendant plusieurs minutes avant que les secours arrivent. Son cerveau, privé pendant trop longtemps d'oxygène, n'avait plus qu'une faible activité et il fallait s'attendre au pire. J'ai donc posté une demande de pensées positives pour former un égrégore de prières tous les jours à 20 heures, comme on l'avait fait précédemment. En dix jours, cette sollicitation fut visitée plus de 160 000 fois sur ma page et d'innombrables messages d'empathie et d'amour affluèrent. Sa maman nous communiquait régulièrement son bulletin de santé en nous remerciant chaleureusement pour notre belle action collective. Sans trop d'espoir, elle nous disait que l'état clinique de sa fille semblait s'améliorer légèrement puisqu'elle réagissait de temps à autre aux bruits environnants, chose qu'elle ne faisait pas jusque-là.

Le 30 août, je reçus un incroyable texto de Didier van Cauwelaert et celui-ci enflamma immédiatement les internautes après que je m'en sois fait l'écho : « Zoé s'est

70. Au cours des étés 2014 et 2015, Didier van Cauwelaert a animé sur cette radio, une quotidienne d'une heure intitulée « Les aventuriers de l'impossible ».

71. *Dictionnaire de l'impossible*, Plon, 2014.

réveillée, elle parle ! Un immense merci à toi et à toute ton… équipe ! Didier » Deux jours plus tard, d'autres nouvelles venant cette fois de la maman me remplirent de joie : « Les progrès de Zoé sont fulgurants. Aujourd'hui, elle parle et elle compte. Le médecin qui s'occupe d'elle a pleuré d'émotion. Il a dit que généralement un enfant dans cet état-là ne s'en sort jamais ! Un immense MERCI à vous tous. Prions encore ensemble pour remercier Dieu. »

À l'heure où j'écris ces lignes, Zoé vit à Londres et coule des jours heureux. Elle ne garde aucune séquelle de son grave coma. Peut-être apprendra-t-elle un jour que des dizaines de milliers de personnes ont prié pour elle en ce beau mois d'août 2014.

Comme on peut s'en douter, après cette guérison que l'on pourrait qualifier de miraculeuse, les demandes de prières d'intention affluèrent. Hélas, il m'était – et il m'est toujours – impossible de répondre personnellement à toutes ces sollicitations. Mais ce que je peux dire, c'est que notre groupe se recueille deux minutes tous les jours à 20 heures pour tous les malades et les cas jugés désespérés. Nous rejoignons ainsi « l'action du 20 heures[72] » mise en place par l'association FIMB[73] qui

72. L'action du 20 heures avec sainte Philomène, patronne des enfants de Marie, marraine spirituelle de FIMB.

73. FIMB : Femmes internationales murs brisés est une association fondée en 1990 par Évelyne Mesquida pour constituer un réseau mondial d'entraide humanitaire. FIMB finance de grands projets de constructions caritatives : puits ou écoles dans les pays en voie de développement. Elle rassemble 350 millions de personnes dans

demande de prier quotidiennement deux minutes à cette heure-là (heure locale) en faveur des enfants de toutes les nations et de ceux qui souffrent. D'autres cas ciblés, particulièrement destinés aux enfants, sont malgré tout traités nominativement sur ma page, mais cela reste très exceptionnel. Les retours obtenus nous encouragent à poursuivre cette action de communion rituelle ; ils sont étonnants et toujours émouvants. La CIE des priants parvient à s'unir pour faire des demandes à l'univers. Et ce que je peux dire en restant le plus honnête et le plus objectif possible, c'est que ces prières sont entendues ; les résultats sont là : de nombreuses guérisons inespérées qui tiennent du miracle. Comme celle de mon épaule obtenue à Lourdes. Dieu n'est pas sourd ; il entend toutes nos prières.

Parallèlement à mes activités centrées sur le fonctionnement de la conscience et ses diverses applications cliniques, je poursuivais bien sûr mes investigations sur les EMI tout en restant attentif aux recherches du jeune étudiant en médecine dont j'ai déjà parlé.

Le 15 décembre 2014, François Lallier put enfin soutenir sa thèse de doctorat à la faculté de Reims. J'écris « enfin » car cette consécration lui demanda plus de trois ans de

---

80 pays. Je suis très heureux d'être un des parrains de cette association. J'ai donné plusieurs dizaines de conférences bénévolement chez eux, car je sais que l'argent récolté va toujours au bon endroit. Pour en savoir plus : www.fimb-asso.org

recherches acharnées. Je sais que sa tâche fut rude et qu'elle aurait probablement découragé plus d'un carabin. J'ai eu le plaisir d'être son directeur de thèse et de lui donner quelques conseils, mais c'est lui, uniquement lui, qui a fourni tous les efforts et qui a pris tous les risques. Vouloir devenir docteur en médecine en choisissant les expériences de mort imminente comme sujet est déjà assez gonflé, mais souhaiter démontrer, preuves à l'appui, que ce qu'avaient vécu les expérienceurs au cours de leurs arrêts cardiaques n'était probablement pas une hallucination produite par un encéphale agonique tient de la gageure ! Qui plus est, personne ne contestera que faire admettre dans un document officiel soumis à un jury d'État que le cerveau n'est peut-être au final qu'un simple récepteur d'informations extraneuronales délocalisées, revient à donner un énorme coup de boutoir dans la clé de voûte du dogme matérialiste. Un exploit. Oui, un exploit, le mot n'est pas trop fort, bien au contraire !

Mais revenons en 2011, au début de ce projet fou. François Lallier termine ses études de médecine et cherche un sujet de thèse. Un soir, il tombe « par hasard » sur une émission de TV où je parle des expériences de mort provisoire. Mon discours le fascine. Il me contacte par l'intermédiaire de mon éditeur pour me demander de diriger son étude sur les EMI et, à sa grande surprise, je réponds banco immédiatement. Il se met en quête de compétences pour constituer un jury et sollicite un certain professeur Léon, titulaire de la chaire d'anesthésie de réanimation au CHU de Reims. Celui-ci accepte sans sourcilier d'endosser le rôle de son président de thèse. Le nom de ce professeur a de quoi faire sourire les lecteurs de mon livre, *Les 7 bonnes raisons de croire à l'au-delà*, puisque dans cet opus, les « Léon » sont les sceptiques et qu'il est écrit en exergue : *À tous les Léon qui liront cet ouvrage*. Ce petit clin d'œil très « spirituel » de l'au-delà ne pourrait s'inventer ! Le sujet est choisi et validé ainsi que son intitulé : « Facteurs associés aux expériences de mort imminente dans les arrêts cardiaques réanimés ». Le travail peut commencer, mais ce n'est pas une mince affaire. Après avoir pris connaissance de toutes les publications scientifiques qui traitent cette question, il faut réaliser l'étude, fouiller dans les services d'urgence, rassembler les dossiers archivés des patients ayant été réanimés après un arrêt cardiaque, retrouver l'adresse des survivants, leur téléphoner pour leur demander un rendez-vous, leur faire accepter de bien vouloir répondre à un questionnaire standardisé et, enfin, établir les statistiques qui en découlent. Plusieurs obstacles à franchir. Beaucoup d'expérienceurs potentiels sont depuis décédés ou bien trop lourdement handicapés, en incapacité totale de répondre à la moindre question. Certains, croyant avoir affaire à une campagne de *phoning*, raccrochent sèchement au bout de deux phrases de présentation. D'autres disent ne pas avoir de temps à perdre. Bref, il est très difficile de réaliser l'enquête qui doit servir de base aux investigations. Mais François ne se décourage pas ; il tient à relever le défi qu'il s'est fixé et se dit que cela prendra le temps qu'il faut mais qu'il finira bien par y arriver. Son obstination sera récompensée bien au-delà de ses espérances puisque sa thèse sera non seulement admise, mais recevra en plus la récompense maximale très rarement accordée aux docteurs en médecine : « Mention très honorable et félicitations du jury ». Il s'en suivra un abstract rédigé en anglais et une promesse de publication internationale. Peu de monde aurait osé parier sur un tel résultat !

L'étude analytique transversale de cette thèse porte sur la période de 2005 à 2012 au CHU de Reims. Sur les 118 patients interrogés ayant présenté un arrêt cardiaque durant cette période, 18 (soit 15,3 %) ont vécu une EMI. Leurs antécédents médico-chirurgicaux et leurs traitements habituels ont été recueillis. Le questionnaire de Greyson[74] a été utilisé pour définir une EMI.

La conclusion de cette étude stipule que « les EMI sont relativement fréquentes dans les ACR[75] (15,3 %). Aucune augmentation significative des EMI n'a été mise en évidence chez les patients ayant des antécédents psychiatriques, neurologiques ou cardio-vasculaires. Il y avait en revanche significativement moins souvent d'EMI

74. Série de 16 questions spécifiques à l'EMI, notées chacune de 0 à 2. Il faut avoir un score total supérieur ou égal à 7 sur 32 pour considérer que le sujet a bien vécu une EMI

75. Arrêt cardio-respiratoire.

chez les sujets prenant des traitements au long cours, en particulier des bêtabloquants[76] ou des benzodiazépines[77] ».

Outre l'importante fréquence du phénomène que l'on connaissait déjà, les travaux de François Lallier attestent que l'EMI n'est ni liée à une maladie psychiatrique, ni en rapport avec un traitement psychotrope. Cette conclusion permet donc d'écarter plus facilement l'explication hallucinatoire chère aux matérialistes.

Plus révolutionnaires encore, certains morceaux choisis de cette thèse que je rapporte ici officialisent mon concept de CAC et CIE.

« Pour les EMI survenant au cours d'arrêts cardio-respiratoires, certains auteurs préfèrent parler "d'expériences de mort provisoire". C'est d'ailleurs dans cette situation clinique que les EMI ont la plus grande incidence.[78]

Pour expliquer les EMI, le Dr Charbonier a émis l'hypothèse de l'existence d'une autre forme de conscience, la conscience "intuitive". Cette dernière ne pourrait s'activer que lorsque notre puissante conscience "analytique", reliée à nos cinq sens, diminue son influence, comme *a fortiori* dans les états pathologiques entraînant une dysfonction

76. Médicaments utilisés pour lutter contre l'hypertension artérielle et/ou la tachycardie.

77. Médicaments utilisés pour réduire l'anxiété ou pour induire le sommeil.

78. *Facteurs associés aux expériences de mort imminente dans les arrêts cardio-respiratoires réanimés*, thèse de doctorat en médecine, Reims, 2014.

cérébrale. Cette théorie rejoint la position de certains auteurs, avançant que les EMI prouvent l'origine extracérébrale de la conscience. Pour eux, le cerveau agirait alors comme un "émetteur-récepteur" d'une conscience extracorporelle.[79]

Nous observons dans notre étude une baisse croissante de la fréquence des EMI au fur et à mesure de l'enseignement scolaire (primaire/secondaire/enseignement supérieur). Le niveau d'étude augmentant la puissance de la "conscience analytique", la "conscience intuitive" aurait du mal à se libérer et les EMI seraient moins fréquentes. Le principe est identique en ce qui concerne l'augmentation de la fréquence des EMI chez des patients ayant déjà reçu une information sur ces phénomènes, soit par vécu, soit par une source extérieure. Dans l'hypothèse neurobiologique, cette notion d'existence des EMI suggérerait au patient des images ou des représentations qu'il se remémorerait ensuite lors de l'ACR. Mais dans l'hypothèse extracérébrale, cela aiderait la "conscience intuitive" à se développer. Apprenant alors que des souvenirs peuvent survenir en dehors du fonctionnement de leurs cinq sens, les patients se fixeraient moins sur leur conscience "analytique".[80]

Même si la théorie d'une conscience extracérébrale reste difficile à concevoir sur le plan médical, elle n'est pas irrationnelle sur le plan scientifique. Elle permettrait d'ailleurs d'expliquer la survenue des EMI chez des sujets

79. *Ibid.*
80. *Ibid.*

sains, sans aucune pathologie, médicament ou même facteur déclenchant mettant en jeu le pronostic vital. Pour le moment, elle est aussi la seule théorie permettant d'expliquer les expériences de mort imminente partagées[81]. Hors contexte d'EMI, l'interaction à distance entre deux cerveaux d'individus semble déjà prouvée scientifiquement à plusieurs reprises.[82] »

C'était gagné ! Grâce au travail de François Lallier, l'hypothèse d'une conscience délocalisée extraneuronale et d'une théorie dualiste mettant en jeu la CAC et la CIE était désormais dans un document de médecine ; inscrite à tout jamais depuis le 15 décembre 2014 dans les chromosomes de la science. Une date historique en quelque sorte. Pour la première fois, le monde médical reconnaissait de façon officielle l'existence d'un esprit indépendant de la matière ! Oui, ne souriez pas, il n'y a aucune différence entre « la conscience intuitive extraneuronale » et le mot ou le terme « esprit ». Simple question de vocabulaire…

On peut s'étonner que la publication de cette étude révolutionnaire n'ait pas reçu l'écho médiatique qu'il méritait alors que quelques mois plus tôt, celle du Dr Sam Parnia[83] fit en quelques semaines le tour de la planète à

81. Expériences similaires vécues par les personnes qui assistent au décès d'un proche.

82. *Ibid.*

83. Professeur adjoint de médecine de soins intensifs et directeur de recherche sur la réanimation à l'université d'État de New York, à Stony Brook.

grand renfort de communiqués de presse dithyrambiques et tout à fait exagérés. J'avais déjà rencontré ce réanimateur anglais de Southampton en 2006 à Martigues et j'avais apprécié son exposé ainsi que son projet « Aware »[84]. Mais là, je trouvais qu'il en faisait vraiment un peu trop car son travail ne méritait pas une telle mise en avant. Un magazine français très connu titra : « L'étude la plus grande jamais réalisée dans le monde sur les expériences de mort imminente, 2060 cas étudiés ! » C'est totalement faux. Sam Parnia n'a jamais étudié 2060 patients et on s'en aperçoit très rapidement en lisant sa publication originale[85]. En fait, ce chiffre de 2060 correspond à une cohorte d'individus ayant fait un ACE sur une période de quatre ans dans quinze hôpitaux situés en Europe et en Amérique du Nord. Seulement 330 ont été réanimés. Sur ces 330, seulement 140 étaient interrogeables. Et sur ces 140, seulement 101 ont été interrogés. Cette étude « la plus grande jamais réalisée » est donc plus petite que celle de François Lallier qui a questionné 118 personnes ! Quoi qu'il en soit, Sam Parnia a trouvé 9 patients ayant vécu une EMI selon les critères de Greyson (18 dans l'étude du Dr Lallier). Bien qu'étant prospective, son étude ne détrône toujours pas

---

84. AWARE pour *AWARness during REsuscitation*, c'est-à-dire « conscience durant la réanimation ». Expérience de cibles cachées devant être vues par des patients en arrêt cardiaque pour savoir si leurs sorties de corps sont réelles ou hallucinatoires.

85. *AWARE. A prospective study*, *Resuscitation*, Official Journal of the European Resuscitation Council, October 6, 2014.

celle de Pim Van Lommel publiée dans *The Lancet* en 2001[86] puisque celle-ci repose sur l'interrogatoire de 344 patients avec une meilleure fiabilité de son incidence (12 % d'EMI selon les critères de Greyson). J'ai également rencontré à plusieurs reprises le Dr Pim Van Lommel car il nous est arrivé d'intervenir dans des colloques médicaux où nous étions invités à exposer nos recherches sur les EMI. Nos conclusions sont les mêmes : compte tenu de ce que nous avons appris depuis des années en collectant tous ces témoignages d'expérienceurs, il est totalement impossible que la conscience soit fabriquée par le cerveau. Ce concept poussiéreux est totalement dépassé. Pour nous, le cerveau ne peut être qu'un récepteur d'informations extraneuronales et ces informations reliées à cette conscience que j'appelle « intuitive » persistent après la mort. Pim van Lommel publiera quelques mois après la soutenance de thèse de François Lallier, un livre détaillant ce concept en s'appuyant sur les données de la physique quantique. J'ai eu le privilège et l'honneur de rédiger la préface de cet excellent ouvrage[87].

Mais revenons à l'étude de Sam Parnia. Plusieurs points sont intéressants. 46 personnes rapportent avoir eu un souvenir de leur période « d'inconscience », sans pouvoir

86. Van Lommel P., Van Wees R., Meyers V., Elferich I., *Near Death Experience in survivors of cardiac arrest : a prospective study in the Netherland*, The Lancet, vol 358, 2001.

87. *Mort ou pas ? Les dernières découvertes médicales sur les EMI*, Inter Éditions, 2e édition, 2015.

être retenues comme ayant vécu une EMI selon les fameuses données de Greyson. Parnia juge cette définition des EMI trop restrictive et trop controversée pour faire avancer les recherches du monde scientifique. Il faudrait également, selon lui, étudier tous les souvenirs des ACR englobés dans les syndromes de stress post-traumatiques. Je le rejoins tout à fait sur cette suggestion.

Deux personnes qu'il a interrogées ont vécu une sortie de corps pendant leur ACR. Une seule a été en mesure de raconter sa réanimation. Il s'agit d'un homme de 57 ans, travailleur social à Southampton, qui affirme être sorti de son corps et avoir observé la scène depuis un coin du plafond pendant sa mort clinique. Le patient a pu décrire de façon précise l'utilisation du défibrillateur automatique dont il dit avoir entendu deux bips consécutifs produits à trois minutes d'intervalle, ainsi que les gestes, les paroles et les tenues de l'équipe qui l'a réanimé. Tous les détails qu'il a donnés ont pu être corroborés par les intervenants. Ce fait est important car il prouve qu'une conscience est possible bien après les 30 secondes de l'arrêt cardiaque ; une période où l'EEG est totalement plat et où aucune perception cérébrale n'est possible. Sam Parnia a tout à fait raison de souligner que ce témoignage atteste l'absence de processus hallucinatoire pour expliquer l'EMI puisque les faits rapportés par l'expérienceur en question se sont avérés exacts après moult vérifications. Le patient était en fibrillation au moment de l'utilisation de l'appareil automatique de réanimation, c'est-à-dire dans une situation où sa perfusion sanguine cérébrale était totalement inefficace. Les cibles cachées du projet Aware n'ont pas pu être vues puisque les deux patients qui ont fait des sorties de corps ont été réanimés en dehors d'un hôpital équipé de cibles. Dommage...

Pour être tout à fait complet à propos des mesures d'EEG faites au cours d'un arrêt cardiaque, il faut mentionner une étude réalisée en juillet 2013 par Jimo Borjigin[88], à l'université du Michigan. Avec son équipe, cette chercheuse implanta des électrodes dans le cœur, les muscles et le cerveau de neuf rats profondément anesthésiés avant de leur injecter une solution de chlorure de potassium pour arrêter leur cœur. Au moment de la mort clinique des pauvres petites bêtes, elle nota que la fréquence des ondes cérébrales s'affaiblit, à l'exception de celle des ondes gamma[89] présentes pendant 30 secondes sur toutes les électrodes cérébrales avant de disparaître totalement et aplatir définitivement le tracé. Ici aussi, on a largement et exagérément commenté cette expérimentation qui tendrait à montrer, selon certains auteurs, que le cerveau est capable d'avoir une brève mais intense activité avant de mourir ; « *the last hurrah of the brain* », ironisa le chercheur Jason Braithwave de l'université de Birmingham. Contrairement

88. Docteur en neuroscience, professeur adjoint du département de physiologie moléculaire et intégrative de l'université de Washington.

89. Les ondes gamma se situent au-dessus de 35 hertz et témoignent d'une grande activité cérébrale comme pendant les processus créatifs ou les résolutions de problèmes.

à certaines assertions, cette expérimentation ne permet pas de prouver que les EMP sont des hallucinations produites par un cerveau agonique qui devient temporairement hyperactif avant de mourir. Et ceci pour plusieurs raisons. Tout d'abord, le cerveau des rats ne se comporte pas comme celui des humains puisqu'on n'a à ce jour jamais été en mesure de retrouver chez l'homme la présence d'ondes gamma dans les mêmes circonstances. Ensuite, aucune corrélation ne peut être faite entre l'existence de ces ondes et une activité « d'hyperconscience » chez le rat. Enfin, et peut-être surtout, personne n'a pu interroger les rats à la fin de l'expérience pour savoir s'ils avaient vécu une expérience particulière de sortie de corps ou s'ils avaient rencontré Dieu. Même si les rats avaient pu parler, ils n'auraient de toute façon pu rien raconter de leur singulière aventure puisque Jimo Borjigin les avait tous tués !

À l'heure où j'écris ces lignes, François Lallier exerce la médecine générale dans une petite ville près de Reims. Bien qu'il n'ait jamais comme moi connu « la chose », je suis sûr que si un jour un patient lui raconte qu'au cours d'un arrêt cardiaque il est passé dans un tunnel avant de rencontrer un être de lumière, il ne le regardera pas avec le sourire moqueur et condescendant affiché par la majorité de ses confrères quand on leur raconte ce genre d'histoires. Le Dr Lallier a écrit en exergue de sa thèse : « À Jean-Jacques Charbonier. Merci d'avoir accepté sans hésitation la direction de cette thèse. Tu m'as permis d'explorer ce sujet si passionnant et pourtant peu connu du monde médical. Nous ne nous connaissions pas, mais très vite tu m'as ouvert ta maison pour que nous puissions mieux échanger sur ce travail. Ta connaissance m'a beaucoup apporté et grâce à toi ce travail fut très médiatisé[90]. Je te remercie sincèrement pour ton aide et ton hospitalité. En espérant que nous continuions à collaborer pour faire avancer la recherche dans le domaine des expériences de mort imminente où il reste tant à découvrir. »

C'est à moi aujourd'hui de remercier François pour son audace et son acharnement à vouloir trouver la vérité afin que le monde médical sorte enfin de son ornière matérialiste.

90. Là, je ne suis pas d'accord avec lui : son travail aurait dû être mieux relayé par les médias. J'espère de tout cœur que ce livre le mettra dans la lumière qu'il mérite.

Trente-deux ans après la chose

JE LE DIS ET LE RÉPÈTE encore inlassablement : on ne naît pas matérialiste, on le devient.

Notre éducation occidentale, influencée par ce dogme, accorde une trop grande importance à la matière et cette surestimation ne mène nulle part. En effet, si nous ne sommes que de la matière, la mort est synonyme de néant, la vieillesse et le handicap sont nos pires tares, et les objectifs de vie seront orientés vers la possession à tout prix d'un maximum de biens matériels censés représenter notre réussite. Nous sommes ainsi formatés dès notre plus jeune âge : pour être heureux, il faudrait donc gagner beaucoup d'argent et être le premier à l'école ! Nous avons fabriqué des générations de frustrés qui, ne pouvant atteindre les buts fixés par leurs parents, se réfugient dans des solutions extrêmes. Nous sommes à l'origine de ces déviances, nous sommes tous responsables !

Les expérienceurs nous disent que lorsqu'ils étaient dans la lumière d'amour inconditionnel, on leur a demandé comment ils avaient aidé ou aimé les autres et qu'ils avaient ainsi enfin compris que c'était cela le véritable but de l'existence : savoir aider et aimer les autres. Et c'est, de toute évidence, cette mission terrestre essentielle que l'on doit enseigner à nos enfants.

Au bout de ces 32 années d'étude et de recherches sur les expériences vécues par celles et ceux qui avaient connu un arrêt cardiaque, j'ai acquis la certitude – et quand j'écris « certitude » ce n'est pas à 99,999 % mais vraiment à 100 % – que nous sommes un esprit incarné et que celui-ci continue à vivre après la destruction du corps qui le contient. Je le reconnais sans forfanterie et en toute objectivité : mon travail inlassable « de colibri » a contribué à faire reconnaître cette conception comme possible et même probable par de nombreuses personnes et à finir par la rendre acceptable par une partie du monde médical qui était, il y a très peu de temps encore, totalement hermétique à cette hypothèse.

Le livre, *La mort expliquée aux enfants mais aussi aux adultes*[91], que j'ai publié en 2015 me permet de m'adresser aux enfants – ainsi qu'à leurs parents qui leur en feront peut-être lecture – en leur offrant une approche différente et beaucoup plus apaisante de la mort que celle qui leur est habituellement donnée. Je suis heureux de tous les retours enthousiastes suscités par cet ouvrage, celui des enfants qui m'envoient leurs lettres ou leurs dessins, celui des adultes qui me remercient d'avoir abordé ce sujet tabou, mais aussi celui des enseignants. Certains m'ont écrit pour me dire qu'ils considéraient ce livre comme un outil pédagogique laïque leur permettant d'ouvrir le débat dans leurs cours. Je me suis d'ailleurs engagé à venir

91. Guy Trédaniel, 2015.

faire des conférences gratuites dans pas mal d'écoles et de lycée. Je suis certain que tous ces échanges seront riches et intenses. Que de beaux moments en perspective !

Ce parcours original qui est aujourd'hui le mien m'a été induit en seulement cinq petites secondes. Cinq petites secondes, ce n'est rien ou pas grand-chose dans une vie, et pourtant… Pourtant, elles furent si intenses et si éclairantes qu'elles ont bouleversé toutes mes croyances.

Oui, « la chose » m'a donné toutes les clés. Il ne me restait plus qu'à marcher, trouver les serrures et ouvrir les portes.

Toutefois, un mystère me hante : le point de vue de la chose. L'esprit de ce garçon qui m'a frôlé le visage sur la droite en quittant une enveloppe de chair impossible à perfuser. L'erreur la plus éprouvante de ma vie de médecin. Celle qui m'a fait basculer tout en me recadrant. Ce souffle joyeux qui m'a subitement rempli de honte et de chagrin, mais aussi de joie et d'espérance.

Que pourrais-je lui dire à cette chose, à cette âme, à cette énergie vitale en partance ?… Oui, que pourrais-je lui dire maintenant, là, tout de suite si je la rencontrais ?

Il est tard dans la nuit mais je sais qu'elle me guette et qu'elle voit sur mon écran s'afficher les dernières lignes de ce texte que je tape sur mon clavier. Je perçois sa présence. C'est comme ça chaque fois que je pense à elle. Ce frisson que je connais bien. Celui que j'ai ressenti à Lourdes la première fois à l'âge de neuf ans en priant Marie.

Je veux que la jeune victime sache aussi à quel point je regrette d'avoir été aussi incapable le jour de son accident et je lui demande pardon pour cela. Mais je veux aussi lui montrer combien cet échec cuisant aura été pour moi un inestimable cadeau. Je veux lui dire que ma reconnaissance est infinie.

Merci la chose. Merci Marie. Merci la vie.

Et merci à ce jeune homme inconnu que je n'ai pas pu sauver mais qui, lui, a su me montrer le chemin.

Bibliographie

AGRILLO C., *Near Death Experiences in cardiac arrest survivors*, Boundaries Conscious Neurobiol Neuropathol, 2006 ; 351-67.

ALEXANDER E., *La preuve du paradis*, Guy Trédaniel, 2013.

ALEXANDER E., MOODY R., *L'*évidence de l'*après-vie*, Guy Trédaniel, 2014.

ALLIX S., *Le test : une expérience inouïe, la preuve de l'après-vie ?* Albin Michel, 2015.

ALVARADO C. S., *Out of body experiences in varieties of anomalous experience : Examining the scientific evidence*. American Psychological Association, 2000.

ATWATER P., *Le grand livre des expériences de mort imminente*, Exergue, 2012.

BABU A., CHARBONIER J.-J., *4 regards sur la mort et ses tabous*, Guy Trédaniel, 2015.

BARBE C., *Le langage de l'invisible*, Kymzo, 2006 ; *Comment les morts s'expriment*, Kymzo, 2007 ; *Signes de survivance*, Kymzo, 2009.

BARUSS I., *Failure to replicate EVP phenomenon*, Journal of Scientific Exploration, 2001 ; 15 (3) : 355-356.

BEAUREGARD M., CHARBONIER J.-J., DETHIOLLAZ S., JOURDAN J.P., MERCIER E.S., MOODY R., PARNIA S., VAN EERSEL P., VAN LOMMEL P., *Actes du colloque de Martigues du 17 juin 2006. Premières rencontres internationales sur l'expérience de mort imminente*, S17 Production, 2007.

BENHAIEM J.-M., *Le guide de l'hypnose*, In Press, 2015.

BLANCHON L., SIM R., *Nos vies suspendues*, Guy Trédaniel, 2016.

BLANKE O., LANDIS T., SPINELLI L., SEECK M., *Out of body experience and autoscopy of neurchirurgical origin*, Brain 2004; 127 : 243-258.

BLANKE O., ORTIGUE S., LANDIS T., SEECK M., *Stimulating illusory own body perceptions*, Nature, 2002 ; 419 : 269-270.

BRUNE F., *Les morts nous parlent*, tomes 1 et 2, Le Livre de Poche, 2009 ; *Les morts nous aiment*, Le Temps présent, 2009.

BROMBERGER D., *Un aller-retour*, Robert Laffont, 2004.

CHAMBON O., *Expériences extraordinaires autour de la mort. Réflexions d'un psychiatre sur la science de l'au*-delà, Guy Trédaniel, 2012 ; *Psychothérapie et chamanisme : théorie de l'âme, voyage dans le monde du rêve*, Vega, 2012 ; *Le bonheur est dans le corps, manuel pratique de psychologie corporelle*, Dervy, 2015 ; Oser *parler de la mort aux enfants*, Guy Trédaniel, 2015.

CHOPRA D., *La vie après la* mort, Guy Trédaniel, 2007.

DALAÏ LAMA, *Voyage aux confins de l'esprit*, J'ai lu, 2005.

DARC M., *Mon père*, XO, 2008.

DESCAMPS M.-A., *Les expériences de mort imminente et l'après-vie*, Dangles, 2008.

DE FERLUC T., *L'univers et l'homme*, soc. Create Space USA, 2016.

DETHIOLLAZ S., FOURRIER C.-C., *États modifiés de conscience : NDE, OBE et autres expériences aux frontières de l'esprit*, Favre Sa, 2011.

DE WITT F., *La preuve par l'âme : un polytechnicien démontre notre immortalité*, Guy Trédaniel, 2015.

DRON N., *45 secondes d'éternité : mes souvenirs de l'au-delà*, Kymzo, 2009.

DUBOIS C., *L'accompagnement des âmes dans l'au-delà*, Le Temps présent, 2013 ; *La communication d'âme à âme. Une autre vision des soins palliatifs*, Le Temps présent, 2015.

ECCLES J., *Comment la conscience contrôle le cerveau*, Fayard, 1997.

GALY M., *Pourquoi l'hypnose ? Du bloc opératoire à la vie quotidienne*, Sauramps Medical, 2015.

GILLIAND D., MAILLARD A., *Médiums d'un monde à l'autre*, Favre, 2011.

GIRARD J.-P., *La science et les phénomènes de l'au-delà*, Alphée, 2010.

GREYSON B., *Incidence and correlates of near death experiences in a cardiac care unit,* General Hospital Psychiatriy, vol. 25, 2005 ; *Dissociation in people who have near death experiences : out of their bodies or out of their minds ?* The Lancet, 2000 ; 355 : 460-3.

GROF S., *L'ultime voyage*, Guy Trédaniel, 2009.

GUILLEMANT P., *La physique de la conscience*, Guy Trédaniel, 2015.

HELL B., *Possessions et chamanisme : les maîtres du désordre*, Flammarion, 2009.

HUBERT F., *Quand la médiumnité s'impose*, Guy Trédaniel, 2016.

HAMMEROFF S., PENROSE R., *Consciousness in the universe : A review of the "Orch OR" theory*. Phys Live Rev., 2014 Mar ; 11(1) : 39-78.

JOURDAN J.-P., *Deadline, dernière limite*, Pocket, 2010.

KARDEC A., *Le livre des médiums*, Dervy, 2003 ; *Le livre des esprits*, J'ai lu, 2005.

KÜBLER-ROSS E., *La mort est un nouveau soleil*, Pocket, 2002.

LABRO P. *La traversée*, Gallimard, 1998.

LALLIER F., CHARBONIER J.-J., *Facteurs associés aux expériences de mort imminente dans les arrêts cardio-respiratoires réanimés*, thèse de doctorat en médecine, Reims, 2014.

LASZLO E., *Science et champ akashique*, Ariane, 2005.

LAUREYS S., *Un si brillant cerveau*, Odile Jacob, 2015.

LEGAL J. M., *Contacts avec l'au-delà*, Lanore, 2006.

LIBET B., *L'esprit au-delà des neurones : une exploration de la conscience et de la liberté*, Dervy, 2012.

LINES Y., *Quand l'au-delà se dévoile : Ils veulent communiquer*, JMG, 2006.

LONG J., PERRY P., *La vie après la mort : les preuves*, Pocket, 2016.

MALAREWICZ J.A., *Cours d'hypnose clinique : études éricksoniennes*, ESF, 2015.

MAURER D., *Les expériences de mort imminente : science et croyance face à la survie*, Alphée, 2005.

MILTON H. ERICKSON, *Traité de l'hypnose*, Grancher, 2006.

MOODY R., *La Vie après la vie*. Robert Laffont, 1976 ; *Témoins de la vie après la vie : une enquête sur les expériences de mort partagée*, Robert Laffont, 2010.

MOODY R., PERRY P., *Témoins de la vie après la vie : une enquête sur les expériences de mort partagée*, J'ai lu, 2011.

MORSE M., *Des enfants dans la lumière de l'au-delà*, Robert Laffont, 1992 ; *La divine connexion*, Le Jardin des Livres, 2002 ; *Le contact divin*, Le Jardin des Livres, 2005.

MORZELLE J., *Tout commence après*, CLC, 2007 ; *La lumière vient toujours d'en haut*, Le Temps présent, 2013 ; *L'expérienceur -14 témoignages inédits de contact avec l'au-delà*, Le Temps présent, 2015.

PACTAT DIDIER O., *Les coquelicots bleus*, Cygne d'O, 2015.

PARNIA S, FENWICK P. *Near death experiences in cardiac arrest : visions of a dying brain or visions of a new science of consciousness*. Resuscitation, 2002 Jan ; 52(1) : 5-11.

PARNIA S. and col., *AWARE – AWAreness during REsuscitation – A prospective study*, Resuscitation, Official Journal of the European Resuscitation Council, October 06, 2014.

QUEVAREC E., CHARBONIER J.-J., *Données médicales sur les NDE Near Death Experiences et apport à la description des derniers instants de la vie*, thèse de doctorat en médecine, hôpital Bichat, Paris, 2007.

RANDSFORD E., *La conscience quantique et l'au-delà*, Guy Trédaniel, 2013 ; *L'univers quantique enfin expliqué : un polytechnicien présente avec clarté cette discipline complexe*, Guy Trédaniel, 2016.

RING K., MOODY R., LESTERLIN M., *Sur la frontière de la vie*, Alphée, 2008.

RINPOCHE S., *Le livre tibétain de la vie et de la mort*, La Table ronde, édition augmentée, 2003.

RIOTTE J., *Ces voix venues de l'au-delà*, France Loisirs, 2003.

SARTORI P., *A long terme prospective study to investigate the incidence and phenomenology of near-death-experiences in a Welsh intensive therapy unit*. Netw Rev. 2006 ; (90):23-5.

SHELDRAKE R., *Réenchanter la science. Les dogmes de la science remis en cause par un grand scientifique*, Albin Michel, 2013.

SIMONET M., *Réalité de l'au-delà et transcommunication*, éd. du Rocher, 2004.

STAUNE J., *Notre existence a-t-elle un sens ? Une enquête scientifique et philosophique*, Presses de la Renaissance, 2007.

TOSTI G., *Le grand livre de l'hypnose*, Eyrolles, 2015.

VAN CAUWELEART D., *Dictionnaire de l'impossible*, Plon, 2014.

VAN DER LINDEN G., *Ma mort... Ma plus belle expérience de vie*, Édilivre-Aparis, 2016.

VAN LOMMEL P., VAN WEES R., MEYERS V., ELFERICH I., *Near Death Experience in survivors of cardiac arrest : a prospective study in the Netherland*. The Lancet, vol, 358, 2001.

VAN LOMMEL P., *Mort ou pas ? Les dernières découvertes médicales sur les EMI*, Inter Éditions, 2e édition, 2015.

VIGNAUD H., *En contact avec l'invisible. Témoignage d'un médium sur l'au-delà*, Inter Éditions, 2013.

VISSER GH, WIENEKE GH, VAN HUFFELEN AC, DE VRIES JW, BAKKER PF. *The development of spectral EEG changes during short periods of circulatory arrest.* J Clin Neurophysiol Off Publ Am Electroencephalogr Soc., 2001 Mar ; 18(2) : 169-77.

WALSCH N.D., *Conversation avec Dieu*, Guy Trédaniel, 2006.

WICKLAND C., *Trente ans parmi les morts*, Exergue, 2000.

ZEIDLER N., *Tu seras ma voix : messages de Vladik à sa mère*, Louise Courteau, 2010.

Remerciements

Je voudrais tout d'abord remercier Didier van Cauwelaert qui a eu l'idée de me solliciter pour participer à cette originale collection et pour m'avoir orienté dans l'écriture de ce livre par ses précieux conseils.

Je dois les mêmes remerciements à Laurent Boudin qui m'a si gentiment accueilli dans sa maison d'édition.

Merci aussi à tous les acteurs et les témoins qui ont participé de près ou de loin à construire l'histoire de « Cette Chose... » avec une mention très spéciale pour Geneviève Delpech qui a eu le courage de me livrer son expérience vécue sous hypnose dans un des mes ateliers. Geneviève est devenue une amie, qui me fascine sur bien des points. De mémoire, je n'ai jamais connu une médium aussi impressionnante dans ses contacts avec le monde invisible.

Enfin, et peut-être surtout, je remercie mon épouse Corinne qui me suit depuis le début. Son indéfectible soutien n'a jamais flanché, même après cette singulière aventure créée par « Cette Chose ».

Du même auteur

Coma dépassé, CLC, 2001.

Derrière la lumière, CLC, 2002.

Éternelle jeunesse, CLC, 2004.

L'après-vie existe, CLC, 2006.

La mort décodée, Exergue, 2008 ; Guy Trédaniel, 2011.

Les preuves scientifiques d'une vie après la vie, Exergue, 2008 ; J'ai lu, Aventure secrète, 2016.

Histoires incroyables d'un anesthésiste réanimateur, Le Cherche Midi, 2010.

La médecine face à l'au-delà, Guy Trédaniel, 2010.

Les 7 bonnes raisons de croire à l'au-delà, Guy Trédaniel, 2012 ; J'ai lu, Aventure secrète, 2015.

Les 3 clés pour vaincre les pires épreuves de la vie, Guy Trédaniel, 2013.

4 regards sur la mort et ses tabous : soins palliatifs, euthanasie, suicides assistés et expériences de mort imminente, Guy Trédaniel, 2015.

La mort expliquée aux enfants mais aussi aux adultes, Guy Trédaniel, 2015.

La Conscience Intuitive Extraneuronale, Guy Trédaniel, 2017.

Pour contacter l'auteur : www.charbonier.fr

Table des matières

Préface 9
Avertissement 15
Avant la chose 17
Ma rencontre avec la chose 19
La chose m'a rendu la mémoire 25
Juste après la chose 33
Dix-huit ans après la chose 41
Vingt-deux ans après la chose 45
Vingt-trois ans après la chose 59
Vingt-quatre ans après la chose 75
Vingt-cinq ans après la chose 89
Vingt-six ans après la chose 101
Vingt-sept ans après la chose 113
Vingt-huit ans après la chose 123
Vingt-neuf ans après la chose 135
Trente ans après la chose 147
Trente et un ans après la chose 203
Trente-deux ans après la chose 221
Bibliographie 225
Remerciements 233
Du même auteur 235